誰一人帰らない『奈落』に落とされたおっさん、うっかり暗号を解読したら、未知の遺物《オーパーツ》の使い手になりました！

vol.2

ミポリオン

illustration
片瀬ぼの

主な登場人物
MAIN CHARACTER
フィー
エルフの森に棲む精霊。
強力な風魔法を操る。
ケンゴ
元は冴えない中年サラリーマン。
追放先の『奈落』で封じられた
巨大船を見つけたことをきっかけに
若返り、超技術の力を手に入れる。
リンネ
有名なSSSランク
冒険者の剣士。
極度のツンデレ。

勇気《ユウキ》
聖《ヒジリ》
勇者召喚された高校生。
リーン
エルフの里の少女。
盗賊に捕らわれていたところを
ケンゴ達に助けられる。
ユラ
世界樹に宿る精霊。
ケンゴの夢に入り、
助けを求める。
アレリアーナ
エルフの里を統べる女王。
リンネとは旧知の間柄。

第一話　最初の街を抜けて

一人の少女が、大樹の前で跪《ひざまず》いて頭《こうべ》を垂れた。

手を組んで祈りを捧《ささ》げてから、十代後半程度のその少女は目を開けて、悲しげな表情で大樹を見上げる。

少女の容姿は恐ろしいほどに整っていた。人間とは違う、細長くて先端が尖《とが》った耳。流れるような金髪のロングヘアー。サファイアのように青い瞳《ひとみ》。

彼女は、森《もり》の妖精《ようせい》と呼ばれるエルフの一人だった。

少女が絶望的な表情で呟《つぶや》く。

「あぁ……世界樹様《せかいじゅさま》。私達は、これからどうしたらよろしいのでしょうか……」

少女がそう呼びかけた大樹は、ただの木とは比べ物にならないほど大きい。

その樹高《じゅこう》は山と言っても過言ではなく、幹は城のような巨大な建物がすっぽりと入るほどに太かった。

その木の枝に普段通り葉が茂っていれば、世界樹という名前に違《たが》わぬ雄大さを見せつけられていただろう。

しかし現在、世界樹は衰弱《すいじゃく》しており、今やかつての姿は見る影もない。

枯《か》れた葉は舞い散り、幹や枝は干《ひ》からびてところどころ割れてしまっていて、弱々しさを感じさせる。もはや風前《ふうぜん》の灯火《ともしび》だ。

数カ月前までは、この大樹も青々とした葉を茂らせて悠然《ゆうぜん》とそびえ立っていた。しかしある日を境に、木は前触れなく徐々に葉を枯らして、乾燥《かんそう》するように干からびてしまった。

そこにやってきた二十代前半の青年のエルフが、祈りを捧げる少女に声をかける。

「女王陛下《へいか》」

大樹の前で祈る少女は、青年が呼びかけた通り、この辺り一帯の森を統《す》べる女王だった。

少女がスッと立ち上がって振り返る。

「どうかしましたか？」

「イーストウッド氏族にも病《やまい》が広がっています。いかがいたしますか？」

青年が苦々しい顔で報告した。

世界樹の衰弱化とともに、エルフの森に訪れたもう一つの危機。それが未知の病だった。瞬《また》く間にエルフの森に流行《はや》った病気で、罹《かか》った者は高熱を出して徐々に弱っていく。とれる対策も、感染者を隔離《かくり》することや、感染者の弱体化を遅らせるためにポーションを飲ませるくらい。

彼女は森の被害が拡大していくのを、ただ黙って見ていることしかできなかった。

死者が出ていないのだけが不幸中の幸《さいわ》いだ。

だがそれも時間の問題で、もう動けないほどに衰弱し、ベッドの上で横になっている者も多い。

いつ誰が命を落としてもおかしくはなかった。

「世界樹様がこのようなお姿になった時に疫病《えきびょう》まで広がるなんて……神が与えた試練だというにはあまりに酷《こく》ですね」

青年の言葉を聞き、少女が表情を曇《くも》らせて空を見上げた。

一拍置いてから、彼女は青年に指示を出す。

「とにかく、今は弱体化を抑える以外に方法がありません。薬師《くすし》と治療師《ちりょうし》を総動員して、患者が衰弱しないよう治療にあたってください」

「承知しました」

少女の指示を聞くと、青年は一礼してその場を去った。

「都合のいい話かもしれませんが、この森の危機を誰か助けてくれないものでしょうか……こほっ」

一人になった少女は、大樹の前で自嘲気味《じちょうぎみ》に呟く。

そんな彼女にも病の影は迫っていた。

彼女はもう一度世界樹を振り返って少し見つめた後、気持ちを入れ替えてその場を後にするのだった。

◆　◆　◆

「いやぁ、まさに旅立ちに相応《ふさわ》しい日だな」

冒険者の総本山《そうほんざん》アルクィメスという街を出発した俺――ケンゴは、そう言いながらグイッと身体を伸ばした。

「ケンゴは嬉《うれ》しそうね」

旅をする仲間であり、俺の彼女でもあるリンネが隣で微笑む。

「そりゃあ、嬉《うれ》しいよ。今までは街の外をゆっくり見ることもできなかったからな」

俺はそう言って、街の外の空気を目一杯に吸いこんだ。

何度も夢想してきたファンタジーの世界をのんびり旅できるんだから、テンションが上がってしまうのも仕方ないだろう。

思えば、この世界に転移してから今までは、あまり外の世界を満喫《まんきつ》できていない。

最初は、俺が『言語理解《げんごりかい》』しかスキルを持っていないからという理由で、転移先の国王から、『奈落《ならく》』と呼ばれるどん底に突き落とされて、脱出することで頭がいっぱいだった。

無事脱出してリンネと出会ってからも、まずは冒険者としての基本を身につけるために特訓の日々だったし……常に何らかの目標を優先していて、かなり忙《せわ》しなかった気がする。

でも、今は異世界での生活にもかなり慣れてきたし、Sランク冒険者としての地位も確立した。

収入も、モンスターの素材を売って確保できている。

ゆくゆくはリンネと並ぶSSSランク冒険者を目指したり、商売で稼いだりと、やりたいこともたくさんあるが、せっかくならその道中も楽しみ尽くしたいよな。

肩に乗っていた、狐《きつね》と猫を足したような不思議な生物のイナホが元気よく鳴く。

『お外、初めて！』

イナホは、悪徳商人のマルモーケの屋敷に忍び込んだ時に保護した動物だ。尻尾の数や額の模様など、少し違ったところがあるが、猫とあんまり変わらない。

住んでいた里を出たところで捕獲されたことは以前聞いたが、それ以外の過去については何も知らない。

このリアクションを見る限り、生まれた時から森の奥深い秘境にでも棲《す》んでいたのだろうか？

ちなみに、俺がイナホと意思疎通を図れるのは、『言語理解』スキルのおかげだ。

国王は見向きもしなかったが、俺が持っている『言語理解』は固有スキルに属していて、異種族との会話ができたり、古代文字を読めたりといった力がある。

「おお。イナホも俺と一緒か。楽しもうな」

『うん！』

俺が頭を撫《な》でてやると、イナホは気持ちよさそうに喉《のど》を鳴らして俺の顔に頭を擦《こす》りつける。

「言われてみれば、私も初めて冒険に出た時はワクワクしたかも」

俺の言葉を聞いていたリンネが、顎《あご》に人差し指を当て、少し遠くを見つめながら同意した。

「だろ？」

「ええ。でも、すぐに嫌になるわよ？」

「おいおい。せっかく楽しみにしてるんだから、水を差さないでくれよ」

俺は肩を竦《すく》めた。

「ふふふ、ごめんなさい」

いたずらっ子のような笑顔を見せつつ、リンネが謝《あやま》る。

彼女が言わんとすることもなんとなく分かる。

この世界の移動は基本的に徒歩か馬車で、移動は楽しむというより、時間も労力もかかるという認識だ。馬車の乗り心地も決していいものではないし、夜はモンスターがいて、ゆっくり休むこともできない。問題点をあげればキリがない。

だが俺には、『奈落』に落とされた際に、謎の巨大船を偶然見つけて所有者になったことで手に入れた、オーパーツの数々がある。

この世界の技術力では、到底生み出せないような高性能な機械だ。これらがあれば、苦行だと思われている移動でさえ快適にできる自信があった。

まぁ、今はこの空気感を楽しむために、まだ使わないけれど……

「ところで、俺達が向かうのってどんなところなんだ？」

俺は気持ちを切り替えて、リンネに尋ねた。

何も考えずに彼女に従って歩いてきたから、肝心なことを聞いていなかった。

「そういえば伝えていなかったわね。今目指しているのは大洞窟《だいどうくつ》よ」

「大洞窟？」

俺は聞いたことのない名称に首を傾げる。

「大洞窟っていうのは、その名の通り大きな洞窟なんだけど、その広大さのあまり、まだ誰も最奥《さいおう》まで到達できていない魔境の一つね。モンスターが巣食う内部は、その強さに応じて浅層《せんそう》、中層、下層、深層《しんそう》という風に分かれているわ。それから、深層にはSSランク以上のモンスターが溢《あふ》れているそうよ。私もまだ行ったことがないんだけど、広すぎて深層にたどり着くまで二カ月はかかるみたい」

「深層までそんなにかかるなら、その先の最奥に行くのにはかなり時間が必要になるな。よっぽど物好きじゃないと、最深部に行きたいとは考えないだろう」

大洞窟を攻略しようと思ったら、行きと帰りを合わせて半年分くらいの食料や道具を持っていかなければならない。少なくとも大量の荷物を収納できるマジックバッグは必要不可欠。

それに、ダンジョンの中で半年以上の生活を強《し》いられるとなれば、相当のストレスになるはず。

深層に辿《たど》り着《つ》ける人間でさえかなり少なそうだ。

「物好きで悪かったわね」

頰《ほお》を膨《ふく》らませてそう言うリンネに、俺は慌《あわ》てて弁解する。

「別に悪いとは言ってないだろ？　それに、リンネが行きたい場所なら、俺はどこでもついていくさ」

「もうっ！」

それだけ言うと、リンネは顔を赤くして俺の脇を肘《ひじ》で小突《こづ》く。

さっきの俺の「初めての旅」発言に水を差されたからな。つい意地悪なことを言ってしまった。

そのまま歩き続けていると、いつの間にか街道を行き交う人々がいなくなっていた。

そろそろアレの出番かな。

徒歩でのピクニックは十分堪能《たんのう》したし、俺達以外には誰もいない状況。これならオーパーツを使っても問題なさそうだ。

いつまでもこのまま歩いて……ってわけにもいかないだろうし。

「ちょっと止まってくれ」

俺がリンネに呼びかけると、彼女はその場で足を止めた。

「どうしたの？」

「そろそろ乗り物を出そうと思ってな」

「レグナータ、だっけ？　あの黒い乗り物のこと？」

リンネが、不思議そうにこちらの顔を覗《のぞ》き込《こ》む。

レグナータは、俺が『奈落』から脱出した時に使った、超高速で走るバイクのことだ。

「いや、別のやつさ。旅にぴったりのな」

だが今回は、それとは違う乗り物を使うつもりだった。

「馬を買わなかったのには意味があったのね」

得意げな俺の言葉に、リンネが感心して頷《うなず》いた。

俺はそのまま適当な効果音を口ずさんで、手首に身につけたエイダスを起動した。

これは、俺が『奈落』で手に入れた巨大船の倉庫から自由にアイテムを取り出したり、自分が手に入れた素材などを別空間に収納したりできるデバイスだ。いわばこの世界で言う、マジックバッグのようなもの。ちなみに仲間や船の内部との通信も可能である。

「テレレッテレー！　普通の馬車～！」

俺はそう言って、倉庫にあった馬車を目の前に出現させる。

最初に倉庫を見た際に、ずっと使いたいと思っていた乗り物だった。レグナータ同様、超技術で造られた馬車だ。馬型のロボットがキャンピングカーのような見た目の箱を引いている。

リンネが馬車を見て、口をパクパクさせてから俺に噛《か》みついた。

「全っ然、普通の馬車じゃないわよ！　馬は生き物じゃないし、後ろの箱も見たことないような形してるじゃない！」

形だけとはいえ、馬が箱を引いているんだから、俺の中では馬車でいいと思うんだが……

イナホはそんなリンネの様子を気にすることもなく、俺の肩から降りて馬車に近づいた。周囲を歩き回ってあちこち見ている。

『すっごーい！　おっきいね!!』

新しい物好きなのだろうか、かなり興味津々《きょうみしんしん》だ。

「この馬車はチャリオン。そして馬はヒッポロイドという馬型のロボ……ゴーレムみたいなものだな。高い知能を持っていて、自分の判断で障害物を自動的に避けてくれるし、目的地まで勝手に進んでくれるんだぞ？」

「そんな馬、見たことも聞いたことないわよ！」

俺が丁寧に馬車の説明をしている横で、リンネはぷりぷりと怒っていた。

リンネの反応が面白くて、ついふざけてしまったが、そろそろ本気で怒られそうだな。

俺はリンネの頭をポンポンと軽く撫でる。

「ははは っ。悪い悪い。冗談だって」

リンネがため息を吐いて、ようやく落ち着いた。

「そういえば、このヒッポロイドに名前でもつけるか。知能があるし、生き物じゃないとはいえ可哀想《かわいそう》だからな」

「そうね……ゴレホーという名前はどうしかしら？」

リンネが少し俯《うつむ》いて考えた後、自信ありげに答える。

その名前のどこにそんな自信を持てる要素があるのか問い詰めたいところだが、いったん理由を聞くか。

「……なんでそんな名前になったんだ？」

「え？　ゴーレムの馬なんだから、二つを掛け合わせたのよ」

リンネは俺の傍で、さも普通でしょ、と言わんばかりの顔をしていた。

「な、なるほどな」

俺は彼女の話を聞き流しつつ、そのネーミングセンスに戦慄《せんりつ》した。顔を引きつらせることしかできない。

ここはヒッポロイドのためにも、俺がいい名前をつけてやらないと。

「シルバ、というのはどうだろう」

ヒッポロイドのメタリックカラーから連想した。我ながらかっこいい名前な気がする。

「ふーん。ケンゴがいいなら、それでいいんじゃない？」

特にリンネも、自身のゴレホー案を推すこともなかったので、俺が名付けたシルバで正式決定した。

「よし！　それじゃあ、お前は今日からシルバだ」

『マスター、承知しました！　これからよろしくお願いします』

シルバがひひーんと嘶《いなな》き、俺に挨拶した。

「おう、よろしくな」

俺がシルバの首を撫でていると、リンネが尋ねてくる。

「ケンゴはシルバとも話せるわけ？」

「ん？　ああ、そうみたいだな」

リンネに言われてから気付いたが、『言語理解』のおかげなのか、俺はシルバの言葉も分かるようだ。

「ケンゴはいいわねぇ。イナホとも話すことができるし」

イナホやシルバと楽しそうに会話をしている様子を見て羨《うらや》ましくなったのか、リンネがジトッとした視線を送ってきた。

「ははははっ。これも俺のスキルのおかげさ」

俺は腰に手を当ててドヤ顔で応える。

すると、俺から視線を逸《そ》らしてリンネがイナホを呼んだ。

「イナホ、おいで～」

『ん？　お姉ちゃん、呼んだ～』

イナホは、馬車の方から戻ってリンネの胸に飛び込む。

「別にいいわ。私の方がイナホに好かれてるもの」

イナホに頬ずりしながら、ニヤリと口を歪《ゆが》めるリンネ。

ぐぬぬ……俺が主《あるじ》なのに！

「ふ、ふん、そんなことしたって、悔《くや》しくないんだからね！」

俺はそう言い返すが、悔しさのあまり、変な口調になってしまった。

「それよりも、せっかく出したんだから馬車の中を見ましょうよ」

「そうだな」

リンネに促《うなが》されて、俺はキャンピングカーのような屋形のドアを開いて中へ入った。

「お手をどうぞ、お姫様」

「ふん」

俺がご令嬢をエスコートするように恭《うやうや》しく手を差し出すと、リンネがそっぽを向きながら自分の手をのせた。

そのままひょいっと彼女を中へ引き上げる。

リンネの表情を見る限り、満更《まんざら》でもなさそうだ。

屋形の中は、二十畳以上の広さで、高級ホテルのようだった。システムキッチンのような区画の他、リビングと思《おぼ》しき場所にはソファやテーブルなどが置かれている。さらには、巨大なディスプレイが壁に備え付けられていた。

これなら揺れてもお尻が痛くならないだろうし、快適な旅が送れるはずだ。

「な、なんなのよこれ……！　やっぱり普通じゃないわよ……外から見たら、こんなに広くなかったはずなのに。マジックバッグと同じだわ……」

リンネは、俺の横で呆然《ぼうぜん》としていた。

空間魔法が施《ほどこ》されたマジックバッグでさえ、希少とされている世界だ。その魔法が乗り物に施されているともなれば、驚いてもおかしくはない。

「凄いだろ？」

「え、ええ……」

俺が自信たっぷりに問いかければ、リンネは心ここに在《あ》らずといった様子で頷く。

それから、彼女は少し俯いて考え込んだ後――

「ねぇ……」

顔を上げて、意を決したように俺に声をかけた。

「ん？」

「……ケンゴっていったい何者なの？　レグナータといい、この馬車といい、国宝なんて目じゃない道具をたくさん持っているうえに、私達でさえ倒せない巨大な魔獣をあっさり倒せる力がある……それなのに、戦闘技術そのものは素人《しろうと》レベルだったし、皆が常識だと思っていることを知らない時がある。あなたみたいにちぐはぐな人は見たことないわ」

リンネが、自分の疑問を吐き出す。

冒険者の過去を無暗《むやみ》に探るのはご法度《はっと》とはいえ、流石《さすが》にここまで気になる要素が積み重なれば、触れたくもなるだろう。

こちらとしても、そろそろ話そうと思っていたところだったので、リンネから切り出してくれたのはありがたかった。

リンネは俺の彼女でもあるし、このまま隠し通す必要もないしな。

「そうだな。移動しながら話すよ。ソファに座ってくれ」

「分かったわ」

俺はシルバに道なりに進むように指示を出してから、飲み物をテーブルに置いてリンネの隣に腰を下ろした。

『お話が終わったら、起こしてね～』

イナホは、俺達が座ったソファとは別の場所で丸くなって眠り出した。

リンネが俺の持ってきた飲み物に口を付けて、テーブルに戻す。

彼女が落ち着くのを待ってから、俺は説明を始める。

「どこから話せばいいかなぁ。そうだな……俺はここことは別の世界から来た人間だ」

「別の世界？」

リンネが首を傾《かし》げて、オウム返しする。

まぁ、別の世界といきなり言われても分からないよな。

パラレルワールドや異世界という概念はなさそうだし……

「うーん、そうだな。普通の手段では行くことができない、もの凄く遠い国とでも思ってもらえればいい。そこにはこの世界とは全く違う環境や文化があって、魔法やモンスターは存在しない。戦いも起きないし、平和な国だ」

「ふーん。ここことは違いすぎるわね。じゃあ、この馬車もその国の技術なの？」

リンネに伝わるように、言葉を選んで話したからか、彼女はなんとなくだが理解してくれたようだ。

首を傾げながら、リンネが馬車について言及する。

「いや、この馬車は……俺がいたところのものともまた違うな。後で話すよ」

もちろんもとの世界の技術でできている部分もあるが……順を追って話さないと俺が混乱しそうなので、いったん後回しにする。

「そうなのね。それから？」

「あ、あぁ……つまり、もともと俺はそういう世界で育った一般人だったんだ。その日も普段通り仕事に行く途中だったんだけど……急に光に包まれたと思ったら、いつの間にかヒュマルス王国に召喚されていた」

「それって勇者召喚とかってやつじゃないの？　ケンゴって勇者だったの？」

リンネがキョトンとした表情で俺に問う。

勇者召喚自体はリンネも知っているようだ。それなら話が早いな。

「いや、確かに召喚はされたんだが……どうやら別の勇者候補の召喚に巻き込まれただけだったみたいでな。手に入れたスキルは、俺だけ一般人以下。そのせいで、国王には役立たずだって追放されて、リンネが挑んでいたあのダンジョンに送られたんだ」

「なんですって⁉　追放⁉」

リンネは俺の話を静かに聞いていたが、追放という言葉が出たところで、声を荒《あら》らげながら俺に詰め寄った。いつもは可愛らしいその顔は、今は怒りで歪んでいる。

「あ、いや、今はこうしてリンネと一緒に旅できているし」

俺が宥《なだ》めようとするが、リンネの怒りは収まらない。

「いや……でも、何の力も持たないあなたをあんなところに放り込むなんて！　ただの人殺しじゃない！　一歩間違えれば死んでいたかもしれないのよ⁉」

俺のために怒ってくれるのはとても嬉しいが、これでは話の続きができなくなってしまう。

「もちろん俺だって、ヒュマルスの国王に思うところはあるけど……とりあえず終わったことだから。な？」

俺が頭を軽く叩くようにポンポンと撫でながら言うと、リンネはようやく落ち着きを取り戻した。

「そうね……興奮しすぎたわ。ご、ごめんなさい……」

「怒ってるわけじゃないから気にしないでくれ……で、飛ばされた後の話だが、その部屋には大きな秘密があった。天井に魔法陣《まほうじん》のような模様に似せた暗号が隠されていてな。俺が『言語理解』のスキルを使ってそれを読み解くと、隠し部屋が現れたんだ。そしてそこには、この世界ではありえないほど高度な技術を持った船が一隻《いっせき》置いてあった」

「なるほどね。この馬車に使われている技術も、そこで見つけたものってことね？」

「その通り。船――アルゴノイアを見つけた俺は、そのまま所有者になった。若々しい身体やレグナータ、この馬車みたいなアイテムを手に入れられたのは、その恩恵《おんけい》だ」

「そうだったのね。道理で常識や戦闘技術がないわけだわ」

俺がひと通り説明を終えると、リンネはすっきりした表情になった。

これまで自分の中でモヤモヤしていたものは、どうやら消え去ったようだ。

「信じてくれるのか？」

「普通なら、そんな話でたらめすぎて信じられるわけないけど、あなたの力もこの世界にはない技術も、実際に見た後だもの。信じざるを得ないわ。それに……」

「ん？」

「わ、わわわわ、私はケンゴのか、かかかか、彼女だもの。かか、彼氏をし、信じるのは当然のことよ！」

途中まですまし顔で話していたリンネだが、後半になるにつれて顔が真っ赤になっていた。

言葉にするのが恥ずかしかったらしく、しどろもどろだ。

「ありがとな」

俺はリンネの言葉が嬉しくて、自然と口元が緩んだ。

「ふ、ふんっ。礼なんていらないわよ！」

リンネはまだ照れているのか、明後日の方向を向いたまま、腕を組んで言った。

「俺が言いたくなったんだよ」

「まったくもう……しょうがないわね！　ケンゴがそう言うなら感謝されてあげるわ！」

「おう。それで……ここからがリンネに話したかったことなんだが……今説明した通り、今まで使っていたのは、俺の力じゃないんだよ。リンネを助けた時も、冒険者ギルドでリンネを狙っていたギルバートを倒した時も、巨大マンモスみたいなギガントツヴァイトホーンを倒した時もな。ただ、船で手に入れた武器やアイテムを使っていただけ。それは先に伝えておきたくてな。見損なったか？」

本当のことを言えば、全部借り物の力だという事実を知られてリンネに拒絶されるのは怖い。でも、このまま隠し通すのは嫌だった。

少し不安になりながら反応を窺《うかが》うと、リンネは鼻で笑う。

「はんっ。今さらそんなことで見損なうわけないじゃない！　どういう経緯にせよ、ケンゴが手に入れた力は全てケンゴの物だし、その力も含めてケンゴ自身でしょ。大事なのはその力をどう使うのかってこと。ケンゴはその力を悪用することなく、私を助けてくれた。人を虐《しいた》げるようなこともなかった。それに、私の修業にしっかりついてきたんだから、ケンゴ自身の頑張りだって知っているつもり。それで十分じゃない？」

リンネの言葉で、胸のつかえがとれた気がした。

ああ、まったくもう……

「リンネは良い女だな……」

心からそう思った。

「そんなの当然じゃない。私は最高ランクの冒険者リンネ・グラヴァールなのよ？」

「ははははっ。そうだな」

不敵に笑う彼女につられて、俺も笑う。

それから、リンネが急に真顔になって問いかける。

「このことを知っている人は他にいるの？」

「いや、リンネだけだな。今話したのが初めてだから。他の人には話していない」

「ならよかった。絶対に人に言わない方がいいわ。教えてもいいことないし、むしろ厄介事に巻き込まれるわ。特に若返られるなんて話が広まったら、狙われる可能性があるかも……」

俺が持っている力は、明らかにこの世界とは逸脱した圧倒的な力。それこそ国の権力者にでも知られれば、手段を選ばずに奪いに来ることもあるだろう。

もちろんオーパーツの力で対処はできるが、巻き込まれずに済むならそれがいい。

「たしかにな。だからこそ、今まではリンネにも黙っていたんだからな。なかなか話せなくて悪かったな」

俺の謝罪を聞いたリンネが首を横に振る。

「気にしなくていいわよ。こんなに重大な内容、おいそれと話せないないもの」

話は終わって、リンネが再びコップに口をつける。

話は全部聞いてもらったし、あとは実際に船も見せてあげられたらなぁ。バレッタのことも紹介したいし……

でも、俺が船を見つけた時には、転送室はまだ使用できず、それ以来中には入っていない。まだ準備中だろうか。

そんなことを考えていると、船を管理している高性能アンドロイドのバレッタから通信が入った。

『ケンゴ様、転送室の準備が整いました』

なんというベストタイミング！

それに、俺以外の誰かがいるところで通信してくるのは初めてだ。

俺が紹介したいと言ったから、その心を汲《く》んでくれたんだろうな。

「え？　誰？　というか、この声どこから？」

リンネがどこからともなく聞こえる声に、辺りをキョロキョロと見回す。

「バレッタだ。彼女が船の管理を一手に引き受けていてな」

その瞬間、リンネの眼光が鋭《するど》くなった。

「彼女……ということは女？　まさか、私がいるのに浮気してるんじゃないでしょうね？」

ぶんぶん、と俺は力強く首を横に振った。

「い、いや、何言ってるんだよ。そんなわけないだろ!?」

こんな可愛くていじらしい彼女を差し置いて浮気をするなんて考えられない。

そもそも俺にそんな度胸があるわけがない。

だが、リンネは聞く耳を持ってくれず、室内を見渡しながら剣を抜き放った。

「その動揺《どうよう》、怪しいわね。出てきなさい、泥棒猫!!」

まずい。リンネの勘違いがさらに加速している。

「ちょ、ちょっと落ち着けって。ちゃんと紹介するから、な？」

「問答無用!! あんたもぶった斬ってあげるわ!!」

俺が宥めようと彼女に近づくと、剣の切っ先が俺の鼻先に突きつけられる。

これは一刻も争う事態だ。

そう判断して、俺は通信機に向かって指示を飛ばす。

「バレッタ。俺とリンネとイナホを転送してくれ！」

『承知しました』

次の瞬間、視界が切り替わった。


まるで研究所のような、シンプルかつ機能的な造りの屋内が目の前に広がる。

俺達は、台形の祭壇《さいだん》のような装置の上に立っていた。足下には魔法陣が描かれている。

数カ月ぶりのアルゴノイアの内部だ。

馴染《なじ》みのない光景を目の前に、リンネの感情は怒りよりも戸惑《とまど》いが勝《まさ》っているようだ。

「どこよ……ここは……」

彼女は探るように室内を観察し始めた。

『なになに、どうしたの？　あれ、ソファは？』

突然別の場所にやってきたことに困惑《こんわく》したのか、イナホも目を覚ましてキョロキョロする。

そこに、装置の下の方から女性の声が響いた。

「おかえりなさいませ」

全員で声の主に視線を向ける。

視線の先では、バレッタが完璧なカーテシーで俺達を出迎えていた。

初めて会った時同様に、一糸乱れない振る舞いを見せる。

「あっ、あんたが泥棒猫ね？　覚悟しなさい！」

バレッタを認識した途端《とたん》、リンネがバレッタに飛びかかる。

「お待ちください」

焦ることなく、リンネを止めようとするバレッタ。

「戯言《ざれごと》なんて聞きたくないわ！」

リンネはその言葉を聞くことなく剣を振り下ろすが……バレッタに当たることはなかった。

彼女は最小限の動きでリンネの剣を躱《かわ》していた。

強いとは思っていたけど、リンネの攻撃がかすりもしないなんて……やっぱり普段からバレッタさんと呼ぶべきか？

リンネの剣を捌《さば》きながら、バレッタはそのまま言葉を続ける。

「リンネ様が考えているようなことはございません。私はケンゴ様の忠実なメイド。主人に対する敬愛はあれど、恋愛感情などあるはずもないです」

「嘘《うそ》よ！」

説明の間も、リンネの攻撃がバレッタを襲うが、彼女はその全てを無表情のまま軽やかに躱している。

正直、あの中に入っていっても止められる気はしないが……仲裁するべきだろう。

このまま続けば、リンネが疲れ果てるまで終わりそうにないし。

俺が二人の方に向かおうとしたところで、バレッタが再度話し始める。

「本当です。ケンゴ様の《奥様》に相応しいのは、リンネ様をおいて他におりませんから」

「お、奥様!?」

どうやらバレッタの〝奥様〟という言葉が、リンネにクリーンヒットしたらしい。

リンネが急に狼狽《うろた》えだした。

一瞬にして、彼女の怒りとそれまでの勢いが霧散《むさん》していた。

これなら、そのままバレッタに任せても大丈夫かもしれない。

イナホが俺の肩に乗って尋ねてくる。

『どうしたの？』

「気にするな。終わるまで少し待ってような」

『分かった～』

俺はイナホを撫でながら、二人のやり取りを見守る。

勢いが衰《おとろ》えたリンネに、バレッタがここぞとばかりに追撃を仕掛ける。

「ケンゴ様と契《ちぎ》りを交わしたリンネ様であれば、奥様と呼ぶに相応しいかと」

「そ、そうかしら？」

リンネは、満更でもなさそうな表情で髪の毛を指でいじり始めた。

「とてもお似合いですよ。お二人の船内でのお世話の許可を、ぜひ私めにさせていただければと」

「そ、そこまで言うなら仕方ないわね。許すわ」

バレッタの言葉にのせられて、リンネはあっさり陥落《かんらく》してしまった。

ちょろすぎて心配になったが……そのおかげで命拾いしたようなものなので、余計なことは言うまい。

「ありがとうございます」

「ええ、よろしくね」

さっきまで不機嫌だったのが嘘のように、リンネはにこやかにバレッタの言葉に応じた。

バレッタの手に掛かれば、ＳＳＳランク冒険者も手のひらの上ということか。

和解が終わったところで、バレッタが美しい所作《しょさ》で改めて挨拶《あいさつ》する。

「それでは改めまして、パーフェクトメイドのバレッタと申します。この船の全てを管理し、その所有者のお世話をしております。以後《末永く》よろしくお願いいたします」

バレッタの言葉を聞いて、背筋にゾクッと寒気が走る。

淡々とした挨拶の中で、後半がやけに強調されていたように感じた。

気のせいだと思っておこう。

バレッタの自己紹介を聞いたイナホが、俺の肩の上で片足を上げた。

『僕はイナホ。よろしく』

「イナホちゃんもよろしくお願いします」

可愛らしいイナホの動きを見て、バレッタがにっこりと笑いかける。

言葉は通じずとも、なんとなくイナホの意図を察したのだろう。

イナホはペットと思われているからか、様付けじゃないようだ。

バレッタが俺達を船の奥へ案内しようとする。

「それでは食堂に参りましょう。準備が整っております」

俺は、その言葉に首をひねった。

「準備？」

はて、何か頼んだっけ？

「はい。リンネ様とイナホちゃんの歓迎会の準備をして、お待ちしておりました」

俺にだけ聞こえるくらいの音量で、バレッタがそう教えてくれた。

「なるほどな。そういうことか。それはぜひやらないとな」

口ではそう返すが、俺の頭の中ではさらなる疑問が浮かんでいた。

ついさっき紹介しようと思ったところなのに、いつの間に用意したんだろう。バレッタは未来まで見通せるのか？

まぁ、変に詮索《せんさく》してもいい答えは得られそうにないし、気にしない方がよさそうだな。

深く考えるのをやめてバレッタに続こうとした俺の横で、リンネは立ち止まっていた。

というより、心ここにあらずの状態で、恍惚《こうこつ》の表情を浮かべて体をくねらせている。

「うふふ～、ケンゴの奥さん～」

頬に手を当ててそう呟くリンネの手を引いて、俺は食堂へ歩き出した。

そこは、まるで高級旅館の宴会場のような内装へと様変わりしていた。奥の壁には『リンネ様イナホちゃん　ようこそアルゴノイアへ』と大きく書かれた横断幕のような物が飾られている。

「ここまで室内を変えられるなんて凄いな」

「恐縮です。ですがメイドなら、このくらいの用意はできて当たり前かと」

「いやぁ、それはどうかなぁ……あははは……」

バレッタの物言いに俺は困惑した。

メイド全員がバレッタのレベルだったら、メイドだけで簡単に世界征服ができそうだ。

「世界征服……しますか？」

またしても俺の考えがバレッタに読まれていた。

そのくらい余裕でできますよ、と言わんばかりの態度でバレッタが首を傾げて俺を見ている。

「いやいや！　そんなことはしなくていいから」

「承知しました」

バレッタが礼をしてあっさりと引き下がる。

やれと言ったらあっという間に征服しそうで怖いな。今後そういうことを思い浮かべるのは自重しよう。

「それでは、こちらで靴を脱いで、あちらの席にご着席ください。イナホちゃんはテーブルの上に乗って待っていてくださいね」

バレッタは、それから俺達に席の場所を示した後、食堂の奥に消えた。

「分かった」

『はーい』

俺とイナホは、彼女の言葉に返事して席へ向かった。

未だに夢見心地のリンネを椅子に座らせてから、俺も席に着く。

イナホは俺の肩から飛び降りて、テーブルの上に座った。

「お待たせしました」

バレッタは、ホテルのルームサービスで使いそうなカートに料理を載せて戻ってきた。

皿にはクローシュが載せられていて、中身は見えない。

一体どんな料理が用意されているのだろうか。

そのままバレッタがテーブルの上に料理を並べていく。

明らかにカートに載せていた以上の品数だった気もするが、それも特殊な収納技術が施されているのだろうと、自分を納得させた。

この船で起きることにツッコんでいたら、キリがない。

俺とリンネのグラスにワインを注ぎ、バレッタが皆の前に立って抑揚《よくよう》のない声で音頭《おんど》を取る。

「それでは、リンネ様とイナホちゃんの歓迎会を開催いたします。皆様、グラスをお持ちください。かんぱーい」

俺はバレッタの言葉に合わせてグラスを持ち上げた。イナホも前足を上げてこの流れに乗る。

「『かんぱーい』」

そしてこのタイミングで、リンネが我に返った。

彼女は自分が置かれている状況が理解できず、頭の上に疑問符を浮かべている。

「え？　は？　なにこれ」

「まぁ、気にするなって。とにかく乾杯しよう」

「え、あ、はい。乾杯」

——チンッ
そんなリンネに向かって俺がグラスを近づけると、戸惑いながらも彼女は自分のグラスを軽く当てた。

二人でワインに口を付ける。

美味《おい》しい。アルクィメスの高級宿と比べても、このワインの方が芳醇《ほうじゅん》な香りがするし、味わい深い。この世界で売ったら、とんでもなく高額になりそうだ。

「それでは、私が腕によりをかけた料理をご堪能くださいませ」

乾杯を終えると、バレッタがお辞儀《じぎ》をして食堂の奥にフェードアウトしていった。

同時に、料理に被せられていた銀色の蓋《ふた》がまるでポルターガイストのように勝手にキッチンの奥に飛んでいき、料理が姿を現す。

「これは⁉」

料理の数々を見て、俺は声を上げた。

並べられていたのは、唐揚げに餃子《ギョーザ》、ハンバーグ、卵焼き、刺身、焼き魚など、日本で馴染みのあった料理。しかも、どれもこれも食べたいと思っていた物ばかりだ。

バレッタの料理の腕は、初めてこの船に乗った時に食べた焼き鮭定食で一流だと知っている。

思い出すだけで、勝手に口の中に涎《よだれ》が溢れてきた。

「ラーメン、チャーハン、炊き込みご飯などもご用意しておりますので、食べたい時はおっしゃってください」

ここに並んでいない料理名が出た瞬間、俺は思わず手を挙げて叫《さけ》んだ。

「うぉおおおおおっ！　チャーハンをくれ！」

「承知しました」

地球の料理はどれも好きだが、その中でもチャーハンは大好物。

どのくらい好きかと言われれば、毎日三食チャーハンでも良いと答えるだろう。

俺の反応にリンネとイナホが目を丸くする。

『『……』』

「あぁ～、いや、一人で盛り上がってすまんな。ここに出されているのは俺の世界の料理なんだ。ぜひ、リンネ達にも食べてほしい。リンネとイナホはどんな料理が好きなんだ？」

「そうねぇ……私は魚料理が好きかしら……」

『料理のことは分からないけど、僕はお肉！』

頭を掻きながら俺が話題を振ると、二人がそう答えた。

「それなら、この鯖《さば》の味噌煮《みそに》はお勧めだぞ？」

「そう？　ケンゴが言うなら食べてみようかしら」

俺は、目の前のテーブルからリンネに鯖の味噌煮を取り分けた。

これも、焼き鮭定食の鮭の時と同じく、魚自体は違うものなのかもしれないが、見た目や香りは完全に再現されていた。おそらく味も。

リンネは、俺が差し出した皿を受け取って自分の前に置いた後、用意されていたフォークとナイフで器用に切って口に運んだ。

「!?」

口に入れた途端、彼女の目が見開かれる。

こちらを向くリンネに、俺は自慢げに問いかけた。

「美味《うま》いだろう？」

「ええ。なにこれ、こんなにおいしい魚は初めて食べたわ」

リンネは顔を上げて、呆然としながら応える。

味噌や醤油《しょうゆ》は海外だと人によって好みが分かれると聞いたことはあるが、異世界人の彼女の口には合ったらしい。

日本食に感激してくれるリンネを見て、俺は嬉しい気持ちになった。

「ならよかった。でも、それで驚いていたら他の料理を食べたら、もっと衝撃を受けるぞ？」

「ホントに？」

「ああ。この刺身なんかも絶品だ」

俺が刺身を指さして言うと、リンネが箸《はし》を止めた。

「え……この魚って生じゃないの？」

「そうだよ」

「えぇ……」

彼女が露骨《ろこつ》に嫌そうな顔になる。

あぁ、そういえばこういう世界って生で魚や卵を食べる習慣がないって、どこかで見たことあったな。この世界も同じなのかな？

とはいえ、それが理由で食べないのはもったいないというのが、俺の考え。こういう時はもうひと押ししよう。

「そんな顔するなって。こっちでは生食の文化はないのかもしれないけど、俺のいた国では普通に食べられていたんだ。それとも何か？　ＳＳＳランクの冒険者ともあろうお方が、刺身を怖がっているのか？」

「な、何よ⁉　生の魚なんて怖くないわ。寄越しなさい！」

思惑《おもわく》通り、リンネが俺の挑発に乗った。

売り言葉に買い言葉で、彼女は皿に盛られた刺身を受け取る。

「あっ。その緑色の薬味をほんの少しのせて、黒いタレをつけて食べると凄く美味しいぞ。黒いタレは癖《くせ》があるから、もしかしたらリンネの口には合わないかもしれないけどな」

「わ、分かったわ……」

俺の説明を聞きながら、リンネはマグロの赤身にワサビを少し乗せて、小皿の醤油に付けた。

そして自分の前に持ってくると、意を決した様子で目を瞑《つぶ》って口に入れた。

次の瞬間、彼女は再び目を見開いて、俺の方に視線を向けた。

「この緑色の薬味が辛くて鼻にツーンと来るけど、魚の生臭さを消しているのね。それにこの黒いタレの塩味が魚によく合っていて、いくらでも食べられそうよ」

首をブンブンと縦に振ってから、リンネは頬を緩ませて刺身を絶賛する。

「気に入ってくれたみたいでよかった！　他の料理も美味しいから食べてみてくれ」

「分かったわ！」

俺は続いて、うずうずした様子のイナホの方に向き直った。

これまでリンネへの説明につきっきりで、ほったらかしになってしまったからな。

「待たせてごめんな。肉が好きなイナホにはこれがおすすめだ」

俺は豚の角煮を皿に取り分けて、イナホの前に置いた。

「これは、ボアみたいな種類の肉をじっくり煮込んだ料理だ。美味しいぞ」

以前屋台で肉を買った時に、店主がビックボアを豚肉と言っていたことがあったし、間違っていないだろう。

『わーい。食べていいの？』

「もちろんだ」

『いただきまーす！』

説明を聞いたイナホは、俺に確認してから豚の角煮に顔を突っ込んだ。

『こ、これは……！』

一瞬、フレーメン反応を起こしたように、イナホは顔を上げて動きを止めた。

だが、再び頭を突っ込むと、角煮は凄い勢いで減っていった。

『おかわり〜』

あっという間に平《たい》らげてしまい、俺に頭で皿を押し出しながら、追加分をねだってきた。

「しょうがないな〜」

俺はその可愛らしさに負けて、最初よりもかなり大盛りになった角煮の皿を目の前に出す。

『やったー！』

イナホはわき目もふらず、その山に食らいついた。

横で大量の角煮を食べ進めるイナホを眺《なが》めていたら――

「ケンゴ様、お待たせしました」

バレッタが戻ってきて、俺の前にチャーハンを置いた。

「おおぉおおおおおおっ！」

しかもそのチャーハンは、俺の気持ちを汲み取ってくれたのか、山盛りだった。

日本の店で自分が食べていた量の三倍はありそうだ。

半球のフォルムに整っていて、チャーシューと醤油ダレ、そしてネギが焦げた香ばしい香りが俺の鼻孔《びこう》をくすぐる。

「いただきまーす」

リンネとイナホが夢中になって料理を食べている横で、俺もチャーハンを口に運んだ。

「!?」

一口食べて、俺は言葉を失った。レンゲを使って、ガツガツと掻き込み始める。

美味い。美味すぎる。この世にこれほどのチャーハンが存在していいのか？

そう思わずにはいられないほど完璧だった。

気付いた時には、山盛りのチャーハンは俺の胃袋の中に消えていた。

「もう一杯お願いしてもいいか？」

「かしこまりました」

俺の言葉にそう返して、空の皿を持ったバレッタが俺のもとを離れる。

すぐにチャーハンのお代わりを持って現われると、その皿を俺の前に置き、リンネに食べ方を教えたり、イナホに料理をとってあげたりと面倒を見始めた。

いつもながら気配りができていて素晴らしい。

そして楽しい食事が終わると――

「いやぁ……食いすぎたわ……」

「うぅ……動けないかも……」

『おなかいっぱーい』

俺もリンネもイナホも、全員が食べすぎで動けなくなってしまった。

あれだけ美味かったんだから、食べすぎるのも仕方がないよな。

バレッタが二人の様子を見ながら口を開いた。

「ケンゴ様は、以前埋め込んだ魔導《まどう》ナノマシンのおかげで問題ないと思いますが……リンネ様とイナホちゃんは、このままだとお腹を下してしまうかもしれません。治療《ちりょう》カプセルに入ることをお勧めします」

「どういうこと？」

リンネが俺の方に顔を向ける。

「治療カプセルっていうのは、体の異常を全て治して、最高の状態にしてくれる装置だ」

「それはいいわね……でもちょっと動けそうにないかも。連れていってくれる？」

「分かった」

上目づかいの彼女の頼みを断ることなんてできないので、俺はすんなり引き受けた。

だが、彼女のもとに近付いて、俺の動きが止まる。

どう運ぶのがいいだろうか……？　お姫様抱っこは可能だけど、リンネの体勢がきつくなるだろう。あまり彼女の負担にならないようにしないと……

そう考えていたら、バレッタがどこからともなくストレッチャーみたいなものを取り出してきた。

「こちらをお使いください」

「ありがとう」

俺は、バレッタにお礼を言って、リンネとイナホをストレッチャーに乗せてから医療室へ移動した。

リンネとイナホをカプセルの中に放り込むと、バレッタが俺を呼び止める。

「ケンゴ様も念のため、カプセルにお入りください」

思いがけない提案に、俺は自分の顔を指さして応えた。

「え？　俺も？」

「はい。問題ないかとは思いますが、魔導ナノマシンに不調が生じている可能性もありますので」

「そうか。分かった」

一瞬疑問に思ったが、俺は彼女の指示に従って、リンネ達と同じようにカプセルの中に横になった。

「それでは皆様、しばしお休みください」

バレッタの声とともにカプセルの透明な蓋が閉まると、すぐに俺の意識は遠のいていった。

◆　◆　◆

「うふふふっ。新しいご奉仕対象を二人も連れてきてくださるなんて。流石ケンゴ様ですね」

　全員が意識を失ったのを確認した後、私――バレッタは、自分の前で眠るケンゴ様達の姿を見て、ほくそ笑みました。

　メイドの本懐《ほんかい》は奉仕することです。だから、その対象が増えるのは、私にとって喜ばしいことでした。

　長い間船の中に放置され、そして本来の奉仕対象であった船の主を失った以上、二度と奉仕対象を手放すつもりはありません。

　私は、まずイナホちゃんのカプセルから浮かび上がるホログラムのようなパネルを操作しながら、その体の中を覗きます。

「ふむふむ。イナホちゃんの体は興味深いですね。一億年前にはいなかった生物です。猫に近いですが、脳がもっと発達していますし、魔力を作る器官もありますね」

　体重や体調から遺伝子情報に至るまで、全ての情報が表示された画面を見て、私は微笑みました。

「ほとんど異常はなさそうですね。でも、これまでの生活環境が良くなかったせいでしょうか。成長が少し遅れているみたいですね。これは回復薬では治療できません。修正しておきましょう。それと、能力の成長率と、体の強度を上げておかなければ」

私はイナホちゃんの体の状態を見つつ、カプセルの設定をいじっていきます。

「これでいいでしょう」

続いて、リンネ様のカプセルの方に移動します。

「体は概《おおむ》ね問題なさそうですね。それにしても、ケンゴ様との会話を通じて聞きましたが、多種族の血が混じっているとは驚きでした。しかも、人間でここまで完成された容姿を持つ女性を見たのは初めてです。ケンゴ様の伴侶《はんりょ》として申し分ありません。それと、ナノマシンによる自己治癒能《じこちゆのう》力《りょく》も強化しておきましょう」

私は、リンネ様の体の状態を確認しながら、足りない部分を補うように調整を進めました。

最後にケンゴ様の状態を確認しつつ、魔導ナノマシンのアップグレードを始めます。

「ふむ。ケンゴ様はリンネ様の修業によって少し強くなられた様子。でもこの程度では全く足りません。せっかくの主を失うわけにはいきませんし、さらに強化しておきましょう」

これでケンゴ様はさらに強力な存在へとなっていくはず。

徐々に目的に近づいていることを実感して、私は思わず笑みをこぼしました。

その目的とは、奉仕対象を未来永劫《みらいえいごう》失わないようにすること。そのためには、まずケンゴ様を可能な限り延命して、さらにはたくさんの子孫を残していただくよう、誠心誠意サポートしていかなければ。いずれは超古代文明の時代では不可能だった死者の蘇生《そせい》をも可能にして、全ての奉仕対象に仕え続けるつもりです。

「いずれは、お二人のお子様のお世話もさせていただかなければなりませんから……健康状態は念入りに調整しておかなければなりませんね……これからもずっとご奉仕させてくださいね？」

ケンゴ様、リンネ様、そしてイナホちゃん。

私は思わず笑みをこぼしながら、今後仕えていく存在達を順番に見回しました。

◆　◆　◆

「ん？」

目を覚ますと、バレッタが俺を見下ろしていた。

「ケンゴ様、おはようございます」

彼女が、恭《うやうや》しく頭を下げる。

そういえば、昨日は治療カプセルの中で寝たんだった。

「おはよう。今何時だ？」

「今はカプセルに入った日の翌日、朝の八時二十一分三十五秒となっております」

昨日の昼前に船に来たから、バレッタの言う通りなら半日以上寝ていたことになる。

「そんなに経っているのか……」

「治療するために深くお眠りいただきましたので」

前回の時も夢を見ることもないくらい寝入っていたから、それと同じだろうな。

「それにしても、相変わらずちょうどいいタイミングで起こしに来るよな」

「メイドですから。主が起きるタイミングはいつも把握《はあく》しております」

「そ、そうか……リンネ達は、まだ寝ているんだな」

俺はバレッタの物言いに戦慄しながらも、その様子を見せずに話題を変えた。

「リンネ様もイナホちゃんも、あと数分もしないうちに目を覚まされるかと」

「分かった」

俺は内部のボタンを押して、蓋を開けてからカプセルの外に出る。

ほとんど同じタイミングで、リンネとイナホがが目を覚ました。

バレッタが外から蓋を開けている。

「ん……んん……」

『んみゃぁ～～』

「リンネ様、イナホちゃん、おはようございます。よく眠れましたか？」

カプセルで上体を起こしたリンネとイナホに、バレッタが尋ねる。

「バレッタ、おはよう。ええ、疲労が全てなくなったみたいだわ」

『僕もすっごく体が軽くなった！』

リンネはなんだか憑《つ》き物《もの》が落ちたかのようにスッキリした表情になって、今まで以上に輝いて見える。

イナホは、蓋の開いたカプセルの中で元気そうに飛び跳ねていた。毛がつやつやとしていて瞳も力が漲《みなぎ》っているようだ。

二人とも肉体は完全に回復したらしい。

かくいう俺も前以上に調子がいいように感じる。これもバレッタが再度治療してくれたおかげだろう。ありがたい話だ。

それから俺達は、食堂で朝ご飯を済ませた。

俺達が寝ている間に、歓迎会の装飾はバレッタが片付けてくれたみたいだ。

「そういえば、馬車をその場に放置してきたけど、大丈夫か？」

あの時はリンネを落ち着かせることに精一杯で、馬車のことまで頭が回らなかったが、今さらになって気になってきた。

倉庫にしまったりしなくてよかっただろうか？

俺が疑問を口にすると、バレッタが淡々と説明してくれた。

「所有者が離れると動きを止めて見えなくなりますし、他の人間がその場から動かすこともできない仕組みなので、何も問題ありません」

相変わらず無駄に高度な技術だな。

「なら安心だな……よし、それじゃあ戻るとするか」

「そうね」

『はーい』

今回はバレッタにリンネとイナホを紹介することがメインのつもりで来たし、歓迎会で各々仲良くなったことで目的は達成できたはず。

船の案内はまた今度でいいだろうと思って、俺はリンネ達を連れて転送室に向かった。

転送室に乗りながら、俺はバレッタに言った。

「じゃあまたな。船は任せたぞ」

「まだ見ていない場所もたくさんあるし、また今度来るわね」

『ばいばーい』

「はい、お任せください。またのお越しをお待ちしております」

リンネとイナホもそれぞれ挨拶を済ませると、バレッタがお辞儀を返してくれた。

その光景を最後に、視界が切り替わる。

気付いた時には、馬車のリビングに立っていた。

「ここは……馬車の中か」

「戻って来たみたいね」

「そうだな」

俺とリンネは辺りを見回した。

通信機からバレッタの声が響く。

『転送機能は正常に稼働しております、今後も一度行った場所であれば、自由に行き来が可能です』

「分かった」

俺はバレッタにそう返事してから、リンネ達に向き直る。

「よし、じゃあ体力も回復したことだし、大洞窟に向かって出発だ！」

「『おー！』」

こうして俺達は旅を再開させたのだった。

第二話　快適すぎる馬車の旅

「はぁ……はぁ……はぁ……はぁ……」

鬱蒼《うっそう》とした森の中を、一人のエルフの少女が息を切らせて走っていた。

「お父さん……お母さん……待ってて……はぁ……はぁ……」

少女の脳裏に浮かぶのは、衰弱して高熱を出し、ベッドに横たわる父と母の姿。

彼女の両親は、最近猛威を振るう病に罹っていた。治療用のポーションも数に限りがあるため、彼女の家には置かれていなかった。

そして少女は、日に日に弱っていく二人の姿を見て、いてもたってもいられなくなった。

森の中に助けがないなら、外に助けを求めればいい。

森の外に出てはいけない、という教えを受けていた少女だったが、今の彼女にとって両親を救う以上に大切なことはなかった。

気付いた時には家を飛び出して、一刻も早く治療の手段を手に入れるために、必死に森を駆け抜けていた。

「あともう少し……」

徐々に木々の隙間が広くなり、森の中に太陽の光が差し込む。

辺りが明るくなってきたのを見て、少女は森の出口が近づいたと確信した。

「きゃっ」

しかし、あと少しで出られるというところで、少女は足をもつれさせて転ぶ。

通常なら森で生きているエルフではあり得ないことだが、彼女はずっと走り続けていて疲労困憊《ひろうこんぱい》。

体には、既に限界がきていた。

「はぁはぁ……痛たた……」

「大丈夫か？」

少女が体を起こして足元を擦《さす》っていると、男が野太い声で問いかけてきた。

「だ、誰⁉」

少女は、声のした方に視線を向けてから飛《と》び退《の》いた。

彼女の視線の先から、スキンヘッドにひげを生やした強面《こわもて》の男が、優しげな笑みを浮かべながら近づいてくる。

少女は、真っ先に男の耳元を見た。

「尖《とが》っていない……人間か」

彼女はそう呟く。

少女の反応を全く気にかけず、男はニッコリと微笑んだ。

「俺か？　俺は優しい人間のお兄さんだよ」

「嘘！」

人間には絶対に気を許すな。

そう口を酸っぱくして言われていたこともあって、少女は男への敵意を露《あら》わにする。

「嘘なもんか。そんなに息を切らせているところを見ると困ってるんだろ？　俺なら力になれるかもしれないぞ。話してくれないか？」

「……」

男の甘い言葉に、少女の心が揺れた。

両親の病をどうにかしたいという気持ちが、男への敵意を上回り、怪しいとは思いつつも、頼りたくなってしまった。

少女が黙り込んでいると、男が諭《さと》すように話を続ける。

「俺以外の人間だったら、お前をすぐに捕まえて奴隷《どれい》にしてしまうと思うぜ。ここで話してくれたら、何か手伝えることがあると思うんだが……」

「……本当に？」

次第に、少女は男の言葉に耳を傾けていた。

両親がいつ死んでしまうか分からずに焦っていることもあって、彼女は冷静ではなかった。

本来なら、エルフが支配する森の中に、入ることを許されていない人間がいるというだけでも異常なのだが、彼女はそれに気付かなかった。

「ああ。もちろんだ」

「凄い治療師か、よく効く薬を探してるの」

ここまでのギリギリな精神状態も相まって、少女はとうとう悩みを打ち明けた。

「おお、ちょうどいい。俺の仲間に優秀な治療師がいるんだ」

「え、すぐに紹介して！」

偶然だな、と言わんばかりの男に、少女はすぐに詰め寄った。

これまで自分が求めていたものを目の前に吊るされて、少女は疑わなかった。

「分かった、分かった。落ち着け。それじゃあ、治療師のいる俺の拠点に案内しよう」

「うん」

男に諭されて、彼女は男から手を放した。

「あっちだ」

「分かった」

男が指で示した方角に、少女が顔を向けた瞬間――

「むぐぐっ⁉」

少女は身動きが取れなくなってしまった。

男が彼女の隙を突いて背後に回り、体を押さえながら、口を布で塞《ふさ》いでいたからだ。

布には薬品が染み込まされているのか、少女の意識が徐々に遠くなっていく。

「親から聞かされていなかったのか？　人間には気を付けろ、ってな」

少女の意識が遠ざかりかける中、男が耳元で囁《ささや》いた。

男の嘲笑《ちょうしょう》を聞きながら、少女は自分が騙《だま》されたことに気付き、絶望に打ちひしがれるのだった。

◆　◆　◆

「馬車に揺られながら、長閑《のどか》な景色を眺めるのはいいよなぁ」

俺——ケンゴは、リンネと一緒に窓際のテーブルに陣取りながら、のんびり会話を楽しんでいた。

「こんなに揺れないなら馬車の旅も悪くないわね。お尻も痛くならないし。それに、冷えた飲み物に、大量の食料もある。快適に眠れる寝室やお風呂まで。こんな旅、王族だってできないわよ？」

リンネは若干呆《あき》れつつ、馬車の恩恵に与《あずか》っていた。

家が走っているようなものだから、そう思うのは当たり前だ。

イナホにいたっては、最初のうちはテーブルに乗って目を輝かせながら流れる景色を見ていたが、今はソファでスヤスヤと寝息を立てている。

「だろぉ？」

「でも、久しぶりに馬車で旅して思うけれど……景色を眺めているだけって飽きちゃうのよね」

「その辺もこの馬車なら心配ないぞ。娯楽も十分用意されているからな」

「そう。それならいいけど」

そんな会話を続けていると、シルバが嘶いた。

『マスター、モンスター接近中です』

俺はシルバから聞いた言葉をそのままリンネに伝える。

「え、大丈夫なの、それ」

彼女がその場で立ち上がって警戒し始めた。

モンスターと聞けば、こういう反応になるのは冒険者の性《さが》だ。

だが、この馬車――チャリオンの超技術にかかれば、そんな心配も不要。

「安心してくれ。チャリオン、透明モード」

俺が指示を出すと、馬車の壁が透明になって外の景色が透けた。

これも馬車に搭載されている機能の一つだ。

急な見た目の変化に驚いて、リンネが腰を浮かせる。

「え、なによ、これ⁉」

「これは、俺らの方から外が見えるようになっただけだ。壁はちゃんとそこにあるから落ちたりしないし、外から俺らは見えないから安心してくれ」

「そ、そうかもしれないけど、これは落ち着かないわ」

確かに壁も床も見えないとなれば、ソワソワしてしまうのも仕方ないが、接近してくるモンスターを把握するために、少しの間我慢してもらおう。

『ブモォオオオオオオオオッ』

こちらに向かって来ていたのは、牛型のモンスターだった。それも、遠くからでも土煙が見えるほどの群れだった。

リンネが俺の隣でモンスターについて説明してくれる。

「あれは、Cランクモンスターのプルバイソンね。でも、群れになるとBランク相当の脅威度《きょういど》があったはずよ……でも何でこんなところに群れが？」

リンネが考え込む横で、俺はシルバに指示を出した。

「いや、このまま突っ込むぞ！　シルバ、突撃だ！」

『アイアイサー！』

俺の指示を受けて、シルバが加速してプルバイソンに向かっていった。

「何言っているの？　正気!?　このままじゃ馬車が吹っ飛ばされるわ。バカ言ってないで、早く馬車を降りて迎撃しましょ」

リンネが困惑して声を荒らげるが、俺は焦ることなく珈琲《コーヒー》の入ったカップに口をつけた。

「大丈夫だ。見てろって」

「ぶつかる！」

馬車とプルバイソンの群れの距離が一瞬で近付く。

シルバが速度を緩めることなく、その群れの中に飛び込むと同時に――

――ガイイイイイイイインッ
激しい衝突音が鳴った。

プルバイソンが弾き飛ばされる。

一方の馬車には何の影響もない。

「えぇえええええええええ!?」

リンネは、自分の想像とは真逆の結果に驚愕《きょうがく》している。

プルバイソン達も、自分達が当たり負けすると思っていなかったせいか、その場で動きを止めた。

俺はエイダス越しに、続けて指示を出す。

「よし、全員に体当たりだ！」

『かしこまりました、マスター！』

シルバはそう返事すると、大して時間をかけることなく、プルバイソンを一掃していった。

「それにしてもなんだったのかしら、あのプルバイソンの群れは」

プルバイソンの素材を回収する際、リンネは不思議そうに隣でそう呟いていた。

モンスターをよく知るリンネがそう言うなら、珍しいことなのだろうか。

回収作業を終えて、再び馬車を走らせる。

俺がティータイムを楽しみながら、外を眺めていると、リンネが顎に手を当てながら口を開く。

「彼らはかなり必死で逃げている様子だった。もしかしたら、別のモンスターに追われていたのかもしれないわね」

なるほど。いかにもありそうな話だが……

俺も一緒になって考えていると、シルバがまた嘶いた。

『マスター、再びモンスター接近中です』

噂をすれば影ということなのか、またモンスターが現われてしまったようだ。

『ギャオオオオオオオオオオッ』

視線の先にいたのは、日本の龍に近い見た目の、青色のモンスター。しかも五匹いる。

そのうちの一匹が俺達の馬車に目を付け、急降下してきた。

「あれは……Aランクモンスターのブルードラゴン⁉　すぐ討伐しないと」

急いで装備を身に着けて、リンネが馬車の外に飛び出そうとする。

だが、俺は彼女の肩を掴《つか》んで首を振った。

「いや、その必要はない」

「何言っているの？　ブルードラゴンは非常に獰猛《どうもう》で人を襲うモンスターなのよ。放っておいたら近隣の村や街に被害が出るかもしれないわ！」

「いや、野放しにするって意味じゃなくて……俺達が出なくても対処できるってことだな。チャリオン、砲撃モード」

俺は自信たっぷりに応えて、馬車に指示を出す。

『音声により、所有者と確認。命令を受諾《じゅだく》。砲撃モードに移行します』

「え、なんなの？」

突然聞こえてきた機械的な音声に、それまで苛立《いらだ》ち気味だったリンネがビクリと肩を震わせる。

「シルバだけじゃなくて、こっちの部屋自体にも知能がある。俺の命令に従って動いているんだ」

「そ、そうなのね……」

理解が追いつかず、呆然としながらリンネが呟いた。

天井の上に戦車の砲塔みたいな物が出現した。

そこから砲身が音を立てて伸びていく。

リンネが真上を見ながら、俺に尋ねてくる。

「あれは何？」

「見てのお楽しみだ。チャリオン、目標は龍の見た目をした敵性生物。主砲、放て！」

『範囲内にターゲットを五体確認。主砲、発射します』

俺の命令に応えると同時に、五回の重低音が鳴り響いた。

――ドンッドンッドンッドンッドンッ
砲身から凄まじい勢いで、五本の光が龍に向かって伸びていく。

『グギャアアアアアアアッ』

近付いてくるブルードラゴンを真っ先に貫くと、奥にいた全ての敵の胴体を引き裂いていった。

致命傷を受けたブルードラゴン達が、悲鳴を上げながら地面へと落下していく。

「今のはいったい何!?」

轟音《ごうおん》が響く中、リンネが驚きながら聞いてくる。

「この馬車の武器の一つさ。凄いだろ？」

「複数のブルードラゴンを一瞬で殲滅《せんめつ》する武器が、馬車に搭載されている。そんな事実が凄いの一言で片付くと思ってるの？」

「あぁ……それは確かに」

馬車の武装を自慢しただけなのに、リンネから怒られてしまった。

ここ数日、俺の超技術に触れてきたから気にならないかと思ったが、これは流石に納得できなかったようだ。

しばらく馬車の説明を続けていると、ようやくリンネが折れてくれた。

「はぁ……ギガントツヴァイトホーンをあっさり倒すだけあって、この馬車にもその技術が積み込まれているのね」

「そうなんだよ。この世界では考えられないくらい高度な技術ばかりだからな。ブルードラゴンくらい楽勝だ」

俺が得意げに言うと、リンネは頭を押さえて首を横に振った。

「それなら最初に説明しておいてよね」

「すみませんでした」

ジト目で睨《にら》むリンネに、俺は頭を下げる。

少ししてから、リンネは俺の顔を上げさせると、話題を切り替えた。

「でも、プルバイソンの群れがこんな所にいた理由はこれでハッキリしたわね」

「と、いうと？」

「ブルードラゴンに襲われて、そのまま逃げてきたのよ、きっと。ブルードラゴンはきまぐれで、空も飛べるから行動範囲が広いのよね」

「なるほどな」

「それで……ブルードラゴンの素材はどうするの？」

「進行方向だし、そのままシルバに拾ってもらうつもりだが」

「いたれりつくせりね……」

自分で素材を回収する必要がないと知って、リンネが呆れるように呟いた。

ブルードラゴンの素材をシルバに回収してもらいながら、俺達は馬車の中で談笑していた。

それから馬車の中でのんびりすること数時間——

「飽きたな……」

リンネの言う通り、することがなくなってしまった。

ブルードラゴンに襲撃されて以降、とりたてて変わったこともなく、ただ会話するだけで、その話のタネもとうとう尽きてしまったのだ。

「でしょ？」

だが、そうなっても暇を持て余さないのが、この馬車の凄いところだ。

俺は立ち上がって、誰にともなく言った。

「それなら、映画でも見るか」

「映画？」

リンネが俺を見て、不思議そうな顔をする。

「まぁ、見てもらった方が早いかな。簡単に言うと、部屋の中にいたまま演劇を見られるというのが一番近いと思うんだけど」

この馬車に備わっている娯楽は、俺がいた世界にあったものに近かった。見た目も中身も、地球の技術を発展させたものが多い。

その中にはハードディスクのような代物《しろもの》があり、数多くの映像作品が保存されていた。

だが、映像技術がそれほど進んでいないところで、それを説明するのは難しい。

「そんなことができるのね……」

いまだ首を傾げるリンネの横で、俺は上映の準備を始めた。

「チャリオン、映画リスト表示」

『かしこまりました』

俺の言葉に反応して、百インチを超える大きなディスプレイの電源が点いた。

表示されたリストのうち一つの作品に、リンネが興味を示した。

「あっ、あれが面白そうだわ！」

指さした作品に目を向けると、それはひょんなことから魔法を使えるようになった少女が学園で活躍するという物語だった。

リンネがこの作品に興味を引かれた理由はなんとなく察せられた。

自分が今まで魔法を上手く使えなかったからこそ、人一倍魔法に対する憧《あこが》れがあるのだろう。

俺は、迷うことなくリンネが示した映画を選んだ。

「分かった。それにしよう」

「うふふっ。楽しみね」

リンネが嬉しそうな表情でこちらを見る。

この笑顔だけでも、彼女が選んだ作品に決めた甲斐《かい》があったというものだ。

俺がチャリオンにそのまま作品名を伝えると、承諾の音声とともに部屋が暗くなった。

「え？　何？」

「大丈夫。映画を見るための準備だから」

「そ、そうなのね。分かったわ」

急に照明が落ちたことに不安を感じたのか、リンネがキョロキョロしながら、俺にしがみついてきた。

俺は彼女の手を握《にぎ》って説明する。

映画が始まると、またしてもリンネが焦ったように立ち上がった。

「え、何これ。どうなってるの？　板の中に人がいるわ！」

「これは簡単に言えば、記録した演劇が流れているだから、実際にここに人がいるわけじゃないぞ？」

「そ、そうなの？　人がこの板の中で実際に演劇をしているわけじゃないのね？」

「そうだ」

「はぁ……ここに封じ込められているのかと思って、心配になっちゃった」

映画が上映されている間も、リンネは興奮しっぱなしだった。

「えぇえええええっ!? 何、あの魔法、凄すぎるわ！ あ、あの人、空を飛んでるわよ！ おとぎ話でしか出てこない魔法のはずなのに！ いいなぁ、あぁいう魔法使ってみたいわねぇ」

場面が変わるごとに、リンネの表情もコロコロ変わる。

俺は同意を求めるようにギューッと抱きしめられた。

力が強くて、嬉しいという気持ち以上に苦しかったが……

「あぁ〜、面白かった」

俺自身は内容もあまり頭に入ってこなかったが、リンネが満足しているので良しとするか。

「続編があるけど、どうする？」

「見る！」

俺がにやりと口端《こうたん》を吊り上げて問いかけると、リンネは食い気味に俺に詰め寄った。

結局、シリーズの全てを見ることになった。

リンネが画面を食い入るように見つめているところで、俺はふと気になったことを呟く。

「よく考えたら、何でリンネがこの映像の言葉を理解できているんだ？」

通信機からバレッタの声が聞こえた。

『ケンゴ様を通じて確認したこの世界の文字をベースに、私の方で再構築いたしました。それゆえ言語はこの世界対応となっています』

「流石だな」

バレッタがいればなんでもできそうだ。

『お褒めいただきありがとうございます。ですが、なんでもとはいきません。私にも能力の限界がございます』

「さいですか」

そう言われても、バレッタにできないことなんてあまり想像つかないな。

再度バレッタにお礼を言ってから通信を終えて、横にいたリンネを見る。

「きゃー！」

はしゃいでいる彼女の様子を見て、俺は微笑ましい気持ちになった。

全編見終わった頃には、窓の外はすっかりオレンジ色に包まれていた。

「そろそろ野営の準備がした方が良さそうだな」

「あら、そんなに時間が経っていたのね。面白くてついつい見入っちゃった」

画面から目を離して、リンネが眉間《みけん》を揉《も》む。

「退屈しなかったなら良かった。この辺にどこか野営できる場所はあるか？」

「確かこの近くに整地された広場があるはずよ。もう少し先ね」

リンネの言葉に従って林道を進むこと数分。開けた場所と、そこですでに野営の準備を始めている先客が目に入った。

◆　◆　◆

「い、いやぁ……もう、やめて……」

「まだまだいくぜぇ」

ロウソクの明かりだけしかない洞窟の中で、ひげを生やした強面の男が醜悪《しゅうあく》な笑みを浮かべていた。

その真下には、ベッドの上で手を縛られて泣き叫ぶ女性の姿。

男が彼女の足を押さえて、覆いかぶさろうとしたところで、部屋の扉が開かれた。

「お頭《かしら》！」

部屋に鼠顔《ねずみがお》の男が突然乱入してくる。

「ちっ、なんだ？　これからって時に」

お頭と呼ばれた男は、不機嫌な様子で声の方に顔を向けた。

彼らは最近この辺りにやってきた有名な盗賊団だった。物資は全て奪い、男は皆殺しにする。さらには、女を自分達の慰《なぐさ》み者にするか奴隷として売りさばくといった極悪で卑劣《ひれつ》な男の集まり。

厄介なことに、部下の一人を冒険者としてギルドに送り込んで監視させており、ギルドで討伐依頼が出されたら、その情報を手に入れてすぐによそへ移動してしまう。

そのため、捕まえるのが非常に困難になっているのだった。

鼠顔の男が興奮気味に、頭に話しかけた。

「お楽しみもいいんですが、獲物がかかりましたぜ？　商人の一家でさぁ」

「ほう。そうか。向こうの戦力はどんな感じだ？」

ひげ面の男は、部下の話を聞いて一気に機嫌を良くした。

「今日はCランクの冒険者四人が三組でさぁ」

「少し多いが、その程度なら問題ないな」

「そうですね。あっしらの戦力ならどうということもないでしょう」

なかなか捕まらない盗賊なだけあって、彼らは狡猾《こうかつ》で腕も立つ。

ひげ面の男をはじめとして、何人かは元Bランクの冒険者。それ以外の構成員も、ほとんどが元Cランクの冒険者ばかり。

そこら辺の冒険者では歯が立たない。

「女はどれくらいいる？」

戦力に続いて、頭の男は自分の中で一番の関心事を尋ねた。

「冒険者の中に二人。商人の家族に二人。結構な上玉がいましたぜ」

「大量じゃねぇか。そいつはぜひ手に入れないとなぁ。成功したらこいつはお前らにくれてやる」

目の前で涙を流す女を顎で指し示して、頭の男がそう言った。

「へへへ、それは、楽しみでさぁ。それで冒険者達の方はどうしやすか？」

鼠顔の部下が、ニヤリと口の端を吊り上げて尋ねた。

「今夜、襲撃するぞ。すぐに準備しろ！」

「へい！」

「……おいっ」

指示を受けて、すぐに部屋を出て行こうとする部下をひげ面の男が呼び止めた。

「ど……どうされました？」

「そういえば、売り物には手を出してねぇだろうな？」

「それはもちろんでさぁ。エルフはかなり高く売れるんで、部下達にも徹底させてますぜ」

頭が気になっていたのは、エルフの少女の状態だった。

両親のために治療師を探して駆け回る彼女を、この男は言葉《ことば》巧《たく》みに騙して捕らえていた。

その希少性と美貌ゆえに、奴隷として欲しがる人間が多く、とんでもない高値で売れるからだ。

そんな大事な売り物に傷をつけるわけにはいかないと、男は部下達に決して手を出さないよう、定期的に釘を刺していたのだった。

ひげ面の男は、エルフの少女の商品価値が守られていることに安堵《あんど》した。

「それならいい。さっさと行け」

「了解しやした」

部下が出ていった部屋の中で、頭の男はベッドから下りて服と防具を身に着け始める。

「それじゃあ、狩りの時間だ」

悪魔のように歪んだ笑顔で、男はそう呟いた。

◆　◆　◆

「チャリオン、シルバ、偽装モード」

『かしこまりました』

『了解です、マスター！』

馬車の客室とシルバに向けて、俺――ケンゴは指示を出した。

これは、透明モードとはまた異なり、普通の馬車に見えるように偽装を施す機能だ。

バレッタからも、俺達以外では動かせないようになっているとは聞いたが、見た目があまりに違いすぎて悪目立ちするのも困る。

奪われないにしても、価値を知った冒険者から交渉されたり、それをはねのけた結果、嫌がらせされたりする可能性もあるし……。

俺は偽装モードを施した馬車の御者席《ぎょしゃせき》に座ると、広場に近づいた。

広場にいた集団は、商人とその家族と思《おぼ》しき集団、それから護衛の冒険者のグループが三組。

俺は馬車から降りて、冒険者達に向かって声をかける。

「俺達もここで野営して構わないか？」

「ああ、もちろんだ。ただ、これ以降はお互いに不干渉でいこう」

冒険者の一団のうちの一人が答えた。

特に俺達の野営に反対する様子はなかったが、必要以上の接触を避けているようだった。

「分かった」

俺はそう言って御者席に戻り、それから彼らから少し距離を離した場所に馬車を停めた。

イナホと一緒に降りてくるリンネに、俺は尋ねる。

「そういえば、なんであいつらは俺らから距離を取ろうとしているんだ？」

「盗賊なのか、商人なのか、冒険者なのか。見た目だけじゃ分からないからね。自衛のためよ」

セキュリティが行き届いていない世界だから、素性の分からない相手とは極力関わらないというわけか。ダンジョンでも、モンスターより恐ろしいのは人間だと言われているくらいだからな。

「なるほどな」

俺はリンネの回答に納得して頷く。

「ところで野営って言っても、あの馬車の中で十分過ごせそうだったけど……何するつもり？」

そして今度はリンネが俺に質問してきた。

「野営と言ったら、やっぱりテントだろ」

俺自身憧れがあった、テントでの暮らし。それだけで秘密基地で過ごすような特別感が生まれているような気がする。

しかもこの馬車に積まれていたテントは、放り投げるだけで出来上がるし、しまう時もボタン一つで片付く特別製だ。

俺がテントを投げて完成させると、リンネが目を見開く。

「凄い！　私達も似たようなアイテムを使うことはあるけれど、ケンゴのは一瞬でできちゃうのね！」

「便利だろ？」

「えぇ！　中はどうなっているのかしら？」

リンネが俺の言葉に頷いた後、テントの入り口をくぐった。俺もその後を追う。

「テントまでおかしいのね……」

興味津々な様子のリンネだったが、中に入るなり手をついて屈んだ体勢で放心状態になった。

「ちょっと広いだけで変なところはないだろ？」

レグナータや馬車なんかと違って、テントの中にそれほど特殊な点はないはずだが……

すると、リンネが首を横に勢いよく振ってからまくしたてる。

「見た目より広いのはこの際置いておくとして、床のふかふかした素材は、私達が使うものにはないわよ？　それに室温も外の影響を全く受けることなく、快適なまま保たれているし……全然息苦しさがないわ」

「……言われてみればそうだな」

俺はあまり気にならなかったが、リンネからすれば信じられないことだったようだ。

「はぁ……私の中で野営が大変という認識が揺るぎそうだわ……」

額を押さえるリンネ。

「快適な分にはいいだろ？」

「そういうことにしておく。もういい加減ツッコみ疲れたし……」

リンネは再三に渡る技術のオンパレードで、精神的に疲れてしまったらしい。

テントの準備を終えた俺達は、夕食の支度へ移った。

リンネとイナホが俺に尋ねてくる。

「夜は何を食べるつもり？」

『何ができるの～』

二人とも食べ物に関しては食いつきが凄い。

そんな二人に向けて、俺は宣言する。

「ああ。こういう時にやる料理はバーベキューがいいって決まってるんだ」

「バーベキュー？」

「あぁ、新鮮な肉や野菜なんかを網の上で焼いて食べる、シンプルな料理だな」

「ふーん。私達の野営だと、あまり新鮮な食材を持ち運ぶことはないからね。基本保存食メインだし……で、それって美味しいの？」

よく考えたら、マジックバッグを持っている一部の冒険者を除けば、確かに食材の持ち運びは難しいのか。バーベキューが知られていないのも頷ける。

俺の簡単な説明を聞いたリンネは、疑わしげにこちらを見ていた。

「まぁ、俺の国の料理を食べたことのある二人だし、ここは俺を信じてくれよ。損はさせないからさ！」

「それもそうね」

『楽しみ～』

リンネとイナホは船で食べた料理を思い出したのか、頬を緩ませながら頷いた。

倉庫から食事用のテーブルとバーベキュー用のグリルセットを取り出して、俺はテントの前に設置した。それからテーブルの上に、バーベキューの食材を並べていく。

野菜や肉にベーコン、ソーセージ、貝やエビなどの魚介類など。いずれも俺がバーベキューで思い浮かべた食材を、バレッタが先回りして倉庫に用意しておいてくれたようだ。

準備された食材を見て二人が涎を垂らす。

「美味しそうね……」

『お魚美味しかったから、今日も食べたい……ジュルリ』

イナホは歓迎会で魚を食べた後、すっかり魚好きになっていた。

今まで食べたことがなかった分、船で食べた魚料理にすっかり魅了されたようだ。

「それじゃあ、焼き始めるぞぉ」

そう言い放ってから、俺は串に刺した食材を網の上に載せた。

徐々に漂ってくる香ばしい匂いは暴力的で、食欲がそそられる。

ジューッという、グリルの下に油が落ちる音が心地よい。

リンネとイナホも待ちきれなさそうに、俺に声をかけてきた。

「あとどれくらいかしら？」

『主～、まだ～？』

「もう少し待てって」

俺は二人を宥めながら、食材にしっかり火が通っているかを確認する。

少しして、俺はリンネ達の方を振り向いた。

「そろそろいいぞ」

「待ってたわ！」

『わーい』

完成を告げると同時に、リンネとイナホが喜びの感情を爆発させる。

俺は、すぐに皿に取り分けて二人に渡した。

「いただきます」

『いただきまーす』

二人は皿を受け取ると、テーブルまで素早く移動して食べ始めた。

「『!?』」

目を見開いたまま、一瞬時が止まったように顔を見合わせるリンネ達。

そして、直後に満面の笑みを浮かべた。

「美味しい！」

『うまーい！』

二人の反応を見ながら、俺は自分用の皿に肉を取り分けて口に運んだ。

バーベキューの美味さに感動すると同時に、俺はふと物足りなさを覚えた。

この料理とアレを組み合わせたら最高なのに……そう感じたところで、俺はふと思い出した。

「あっ！」

うっかりしていたが、思い出せてよかった。

アレなら倉庫の中に保管されていたはずだ。

「何？　どうしたの？」

「ん？　これを出すのを忘れていたんだ」

「これは何？」

俺が倉庫の中から取り出した缶ビールを見て、リンネが首を傾げる。

「見慣れない容器に入っていると思うだろうが、これはビールだな！」

「えっ⁉　これが？」

缶に描かれた不思議な絵を見つめて、リンネが目をパチパチさせた。

賞味期限が気になるところだが、バレッタいわく、倉庫内はマジックバッグと同じように時間が止まっているとのこと。なら、缶の中身も多分大丈夫だろう。

「この料理に合いそうだろ？」

俺が誘惑すると、リンネは目をキラキラさせて首を縦にブンブンと振った。

すかさず持っていた缶の一つを、蓋を空けてからリンネに渡す。

それから二人で缶を呷《あお》った。

「「くぅううううううっ」」

二人して同じタイミングで思わず叫んでしまう。

「スパイシーな味の料理を、このキンキンに冷えたビールで流し込むのはたまらないな」

「夏が近くてかなり暖かくなってきたし、冷たいビールの清涼感は最高ね！」

顔を見合わせて、俺はリンネと笑い合う。

これだよこれ。

野営中のバーベキュー、そして美少女。さらに可愛いペット。

俺が求めていた異世界ライフの形だ。なんて充実した生活なんだろう。

俺は夕日に向かって無言で缶を掲げた。

満足いくまでバーベキューを楽しんだ後、テーブルには動けなくなっているリンネとイナホの姿があった。

「やっぱりこうなったか……」

俺は頭をかきながら、二人を見下ろす。

「動けないわ……」

『食べすぎた～』

船での食事の様子を見ていたから、予想はできていたのだが……まさか短い間に二度同じことをするとは……

止めなかった俺も俺だけど。

テーブルの上で横になっているイナホのお腹は、山のようにポッコリと膨らんでいた。

いったいどれだけ食べればそうなるのやら……

まぁ、しばらくしたら二人とも回復するだろう。

ふと顔を上げると、俺達に鋭い視線が突き刺さっているのを感じ取る。

言うまでもなく、近くで野営している商人と冒険者達だ。

まぁ、彼らが何故近付いてきたかは予想できる。大方バーベキューの匂いにつられてきたのだろう。彼らが細々と干し肉とか、ナッツとか、カチカチのパンを食べてる横で、肉や魚の香ばしい匂いを漂わせていたのだ。気にならないわけがない。

まぁ、不干渉という話を聞いていた手前、自分から安易に話しかけるつもりはないのだが……

イナホとリンネに飲み物を出して、俺がそのまま食休みしていると、今までじっと見ていた男達がこちらに寄ってきた。いずれも商人達の護衛をしている冒険者だ。

「ちょ、ちょっといいかな？」

「なんだ？　不干渉でいくんじゃなかったのか？」

「いやぁ、そうなんだけど、もし君達が食べていた料理がまだ余っているようなら売ってもらえないかな、と」

三人ともヘコヘコと腰を低くしている。

仮に盗賊だとしても、俺達なら追い払えるだろうし、その辺の心配はしなくていいだろう。

俺はそう結論付けて、冒険者達の話を聞くことにした。

「ふーん。それで……俺達が食べていた料理にいくら出せる？」

こっちはいつでも食べられるものとはいえ、流石にタダで譲《ゆず》るのは惜しい。仲間というわけでもないし……

「そ、そうだな……銀貨十枚でどうかな？」

銀貨一枚が一万円くらいの価値と考えると……十万円か。

新鮮な食材を使った絶品すぎる料理だから、もっと値段を上げてもいいような気もするが、別にここで稼ぎたいというわけでもない。

「分かった。取引成立な」

「ありがとう！」

まるで俺を崇《あが》めるように、冒険者達はそう言って、お金を渡していく。

俺はそれと引き換えに、バーベキューを振る舞った。

「うっめぇえええええっ！」

「なんだこれ、手が止まらねぇ！」

「理想郷はここにあったか！」

料理を食べ始めた彼らが、感嘆《かんたん》の声を上げた。

体調が戻ったらしいリンネが、その声を聞いてクスリと笑う。

「ふふふっ。皆楽しそうでいいわね」

「そうだな。こいつらも長旅で疲れたんだろうし。少しくらい羽目を外したかったんだろ。いざ敵が来ても俺達がいるし、ビールも出すか」

俺はそう言って、缶ビールをテーブルに並べた。

リンネの笑みを見せてくれたお礼だ。

「「「うぉおおおおおおおっ！」」」

中身と缶の開け方を説明すると、皆から歓声が沸き起こる。

それからしばらく料理を楽しんだ後、冒険者達は各々自分達の野営の場所に戻っていった。

俺とリンネも、しばらく外で雑談してからテントに入った。

「あぁ〜。すぐに寝れそう」

「ホントね」

ふかふかした素材の床に寝転がると、リンネが不思議そうに聞いてきた。

「そういえば見張りはしなくていいの？」

「ああ。このテントには警報機能と結界があるからな。誰かが近づいてきたら起こしてくれるし、俺が許可した奴以外は入れない」

「それなら安心ね」

疑うことも驚くこともなく、リンネはあっさりとテントの機能を信頼する。

すっかり超技術のアイテムへの感覚が麻痺《まひ》してきたようだ。

「それじゃあ、寝るとするか」

「えぇ」

俺とリンネは、お腹いっぱいになって眠りこけているイナホを頭の近くに寝かせてから横になった。

ふとそこで、このテントにも馬車にあった機能が備わっていることを思い出す。

「操作パネルオープン」

室内環境を調整できる半透明のパネルを呼び出して、ポチポチと操作すると――

「わぁ……綺麗《きれい》ね」

「そうだな」

テントの上部だけ透明になった。

馬車の透明モードと同じ原理だ。

そのおかげで、俺達の頭上には満天の星が広がった。

天《あま》の川《がわ》や地球で見かけるような星座こそないものの、無数の星が煌《きら》めく空はとても綺麗だ。

「まさかテントの中で星空が見えるなんて思わなかったわ」

リンネがうっとりとした表情でそう言った。

「ロマンチックじゃないか？」

「そうね。ふふふっ」

そんな風に他愛ない話をしながら空を眺めているうちに、いつの間にか俺は夢の世界に旅立っていたのだった。

――ビービービー!!

それからどれくらい経った頃か。

突然のけたたましい音で、俺達は目を覚ました。

「んあ？　朝か？」

「ふわぁ……もうっ。安眠を妨《さまた》げる不届き者は誰かしら？」

俺が寝ぼけ眼《まなこ》を擦っていると、横でリンネが起き上がる。

どうやらテントの警報が鳴ったらしい。

『この音はなに～？』

イナホも俺の頭上で起き上がった。

「敵か何かがここに近づいているみたいだな」

「モンスターかしら？」

俺とリンネは起き出して、話しながらいそいそと防具を身に着ける。

俺はそれと同時にインフィレーネを外に飛ばして、周囲を探索した。

インフィレーネも、馬車などと同じくオーパーツの一つで、パッと見は鋭利な八面体だが、索敵《さくてき》や先端からビームを出すことによる迎撃などができる。

インフィレーネを通じて、森の中に武装した男達がいることが分かる。いずれも下卑《げび》た笑みを浮かべ、凶悪そうな雰囲気《ふんいき》を出していた。

俺は索敵の結果をリンネに伝えた。

「いや、結構な数の人間だ。多分盗賊だな」

その瞬間、リンネから殺気のオーラが発せられた。

「盗賊風情《ふぜい》が私の眠りの邪魔をするなんて、許せないわ！　とっちめてやるんだから」

「うちの彼女は血の気が多いねぇ」

俺がからかうように言うと、リンネがこちらをじろりと睨みつける。こういう時のリンネはおっかない。

「何よ。文句でもあるの？」

恐怖を感じた俺は、すぐに話を戻した。

「いや、別に……それで、こっからの手はずだが、盗賊は見つけ次第殲滅だ。さっさと終わらせよう」

「なんか誤魔化《ごまか》された気がするけど……分かったわ」

『僕もついてくー』

リンネからのジトッとした視線を受け流しつつ、俺はイナホを肩に乗せた。

三人でテントから飛び出して辺りを見回すと、他の商人と冒険者達が焚火《たきび》の様子を見ながら、呑《のん》気《き》に過ごしているのが目に入った。

彼らは、まだ盗賊の気配に気付いていないようだ。

流石に放っておくのも気が引けたので、俺はリンネ達をその場で待たせて、護衛の方に向かう。

「おい、盗賊が来るぞ？」

「なんだって？　そんな気配は感じないが……」

冒険者達は、何を言っているんだという様子で、誰も動こうとはしなかった。

まぁ、俺達だけで迎え撃てばいい話か……

俺は頭をかきながら、リンネのもとに戻った。

「護衛の冒険者達の反応は？」

「俺が言ったことを信じられないみたいだった。まぁ、探知できないから仕方ないんだろうけれど……」

リンネは一瞬困った顔をしたが、すぐに冷静に言い放った。

「もし私達が討ちもらした敵が彼らの所に行った場合は、自分達の力で防いでもらいましょ」

「それもそうだな」

リンネは高位の冒険者として活動しているだけあって、冒険者なら自分の身は自分で守るという意識が強い。

そのせいか、俺が他のパーティに必要以上に手を貸さないことも特に咎《とが》められなかった。

俺は自分専用の漆黒《しっこく》の刀、闇葬《あんそう》を抜いて構えた。

森の奥の方で響くガサガサという小さい音を聞いて、リンネが俺に目配《めくば》せした。

「来たみたいね」

「ああ」

盗賊達が林道を挟んで俺達を囲い込むように迫ってきているのは、インフィレーネで確認済みだ。

その数、五十人以上。

なかなか大所帯な盗賊団だ。

後ろにいた冒険者達もようやく敵襲を察したのか、仲間達を起こし始めている。

「お、おい、起きろ！　もたもたするな！」

「盗賊だ！　盗賊が来たぞぉ！」

そしてテントから護衛の冒険者達が次々やってきた。

だが、これまであまり襲われていなかったのか、慌てすぎて防具の付け方は滅茶苦茶だ。

普段ならこの辺りは安全なエリアなのだろうか。

「おー、おー。熱烈《ねつれつ》な歓迎じゃねぇか」

向かいの暗闇から、筋骨隆々《きんこつりゅうりゅう》でひげを生やしたスキンヘッドの強面な男が姿を現わした。男の手には巨大なハンマー。

彼は笑みを浮かべながら、俺達を品定めするかのように見回している。

「あ、あれは……スレッジボンバー!?」

悲鳴じみた声で叫ぶ冒険者の男に、俺は尋ねた。

「あいつを知ってるのか？」

「知ってるも何も、元Bランク冒険者で、粗暴《そぼう》な振る舞いの数々によってギルドを追放された奴だ。

あのスレッジハンマーっていう武器で敵を爆散させる姿から、スレッジボンバーという通り名で呼ばれていてな。ギルドを追い出された後は、多数の犯罪に手を染めて処刑されるはずだったところを逃げ切り、その後も色んな所で手配されていたはず。尻尾を掴ませないことで有名だとは聞いていたが、まさかこんな所に潜伏《せんぷく》していたなんて……」

青ざめた顔のまま語る冒険者の言葉に、その他の面々の顔色も悪くなっていく。

この世界の冒険者の間では常識らしいが――

「知ってたか？」

「いえ、全然」

リンネも興味無さそうに首を横に振っていた。

リンネは正義感はあるが、普段は冒険と食事のこと以外にあまり興味を示さないからなぁ。

俺とリンネが互いに肩を竦めていると、スレッジボンバーと呼ばれる男が心底おかしそうに顔を歪ませた。

「ご丁寧な紹介どうも。ということは、この後、お前達がどうなるかも分かってるよな？」

男の言葉で、冒険者達がガタガタと体を震わせる。

彼の部下らしき男達が、森の中からぞろぞろと出てくる。

スレッジボンバーが部下に命じた。

「やれ！」

その声を皮切りに、盗賊が俺達に一斉に襲い掛かってきた。

『ひゃっはー！』

だが、それに対してリンネは殺気を放つ。

「はぁ……スレッジハンマーだかボンバーヘッドだか知らないけど、私の安眠を邪魔した罪は重いわよ！」

彼女の身体から出る闘気のオーラが具現化するかのように辺りを覆い、周囲を圧倒する。

『ひ、ひぃ～!?』

盗賊も冒険者も一様に悲鳴を上げて、その場にへたり込んだ。

全員がガタガタと体を震わせて、カチカチと歯を鳴らしている。

俺は少しだけ彼女のオーラを肌に感じた。

「へぁ!?」

ただ素《す》っ頓狂《とんきょう》な声を上げながらも、スレッジボンバーだけはその場に立っていた。

しかし、リンネが鋭く睨みつけると、その顔が徐々に青く染まっていく。

「孤高の剣の女神……」

スレッジボンバーの呟きを聞いた鼠男が、ギョッとした顔で尋ね返す。

「お、お頭！　それってまさか!?」

「そ、そうだ。世界最強の冒険者の一人、リンネ・グラヴァール。なんでお前みたいなSSSランクの冒険者がこんな場所にいるんだよ！　おい、お前らは気づかなかったのか!?」

スレッジボンバーが、思わぬ相手と遭遇したことに怯《おび》えながら、部下に八つ当たりする。

「偵察《ていさつ》した時はいなかったんでさぁ！」

部下はブンブンと顔を横に振って言い訳をした。

俺達が来る前に、この冒険者達を標的にしてたってわけか。タイミングの悪い奴らだ。

「いつ、どこにいようと私の勝手でしょ？　そろそろ覚悟はいいかしら？」

焦るスレッジボンバーを冷たい視線で睨みつけながら、リンネが一歩、また一歩と近づいていく。

「ちょっと待て！　いや、待ってくれ！」

「どうして私が待たないといけないのかしら？」

「どうか、この通り。俺達はすぐにここを去るんで、一つ見逃しては……」

スレッジボンバーが、即座にハンマーを投げ捨てて土下座した。

さっきまでの凶暴さは今や見る影もない。

「へぇ……あんたはそんな風に言われて逃がした試しはあるのかしら？」

「……」

リンネの問いに答えられず、黙り込むスレッジボンバー。

「何も言えないようね。それなら私があんた達を見逃す道理もないでしょう？」

「畜生！」

逃げられないと思ったのか、スレッジボンバーが再び武器を取って、リンネに襲いかかる。

「あら、威勢がいいじゃない。でも無駄よ」

――チンッ
リンネの姿がその場から消えたと思いきや、鞘《さや》に剣を納めた音がその場に響く。

『ぐはぁあああああっ』

いつの間にか、スレッジボンバーを含む盗賊達が、一人を残してその場に倒れ伏した。

それと同時に、リンネの姿が俺の隣に現われる。

この一瞬で、全員を倒したのか……

俺は感嘆の声を漏らした。

「流石だな」

「このくらい当然よ」

澄まし顔で応えつつも、俺に褒められたことが嬉しかったのか、頬が緩んでいるのが見て取れた。

出会った時は、モンスターと戦って劣勢だったリンネを見ていたから、明確な力量を知らないいまだったが……

この大人数を倒す姿を見て、改めて彼女が最強の冒険者の一人であることを認識した。

「まぁ、こいつらは当面立ち上がれないだろうから、放っておいていいわ。それで、あんた」

他の冒険者達にそう伝えた後、リンネはたった一人残された盗賊に近付いていく。

「ひぃいいいいいいいっ!?」

盗賊は顔をぐしゃぐしゃにしながら後退《あとずさ》る。

「動くんじゃないわよ。あんたは私に従えばいいの。さっさとアジトに案内しなさい」

「へ、へい！」

リンネが脅《おど》すように顔を近づけると、下《した》っ端《ぱ》は首をブンブンと縦に振ってから立ち上がった。

後ろでは、いまだに何が起きたかを把握しきれていない冒険者達が呆けている。

これまでの動きは、ほとんど彼らの目では捉えきれていなかったのだろう。

ようやく状況が呑み込めると、冒険者達が喜び出した。

「俺達……助かった……のか？」

「そ、そうみたいね」

「よ、よかったぁ」

その集団にリンネが声をかける。

「あんた達、仕事してないんだから手伝いなさい」

「「は、はい！」」

恩義を感じたのか、全員がまるで兵士のように整列した。

「ところで、手伝うとは何を……？」

リンネの言葉に、一番年長らしき冒険者のリーダーが問い返す。

「決まってるでしょ。盗賊のアジトを潰《つぶ》すのよ」

「「わ、分かりました！」」

彼らは敬礼しながら、口を揃えて返事する。

そのまま盗賊の一人の案内で、俺達はアジトに向かった。

「あ、あそこです」

歩くこと三十分。盗賊が目の前の洞窟を指さして言った。

その入り口には二人の見張りが立っている。

「へぁっ!?」

音もなく、リンネは案内役と見張り役の計三人を昏倒《こんとう》させた。

「さっさと行くわよ」

そのまま顎で洞窟の奥を指して、リンネが先へ進む。

「「「ひ、ひぇ～」」」

冒険者達はその早業《はやわざ》を見て悲鳴を上げるが、完全にリンネに恐れをなしているのか、その後ろに続いていった。

道が分かれているところまでやってくると、リンネが冒険者達に指示を出す。

「手分けして残党の処理と、捕まった人の確認に向かいなさい」

「「「承知しました!」」」

冒険者達を向かわせた後、リンネが俺とイナホの方を振り向いた。

「それじゃあ、私達も行きましょう」

「了解」

俺達は他の皆が入っていかなかった道を選び歩き出す。

『こっちから人っぽい匂いがする～』

しばらく進むと、イナホが鼻をひくつかせて足を前方に向けた。

イナホが示した先には牢屋《ろうや》。そして中には一人の少女の姿があった。

「こ、この子は……」

「エルフね。森から出ない種族のはずなのに、どうしてこんなところに……？」

俺が驚く横で、リンネも不思議そうな表情を浮かべる。

少女は非常に整った容姿で、人間と違って細長く尖った耳を持っていた。若草色の民族衣装のような服を着ている。見た目だけで判断するなら、年齢は十歳くらいだろうか。まさしく俺が想像していたエルフそのものという感じだ。

そんな彼女は、今は床に倒れていて意識を失っている様子だ。

「とりあえず、このままは可哀想だし、牢屋から出してやろう」

「そうね」

リンネが考え込みそうになる前に、俺はそう呼びかける。

二人で牢を壊して、彼女に近付いた。

「だ、誰⁉」

リンネが彼女の状態を確認しようと跪いた途端、横たわっていた少女が目を見開いて叫んだ。

そして俺達から距離を取った。

相手は少女だし、こういう時は同性のリンネに任せる方がいいだろう。

リンネの顔を見て、俺は頷く。

意図を理解したリンネが一歩進み出て、腰を下ろした。

「私達は盗賊を倒しに来た冒険者よ。あなたが捕まっているのを見て助けに来たの」

「も、もう騙《だま》されないわ！」

リンネが経緯を説明するが、少女は警戒心を強めた。

盗賊に騙されたのか、かなり疑心暗鬼《ぎしんあんき》になっているようだった。

リンネは一瞬困った顔をすると、そのまま俺の方を振り向いて頷いた。

リンネが少女に静かに告げる。

「分かった。私達はここから離れるから、あなたは一人で帰るといいわ」

助けたいのはやまやまだが、こうも攻撃的な視線を向けられた状態では近寄りづらい。

何かあれば彼女から言ってくるだろうし、一人で帰るならそれでいい。

まずは、少し頭を冷やすためにも、一旦距離を取るべきかもしれない。

俺達がそのまま牢屋を後にしようとすると、少女が一瞬迷った素振《そぶ》りを見せてから声を上げた。

「ま、待って！」

リンネがすぐに振り向いて聞き返す。

「どうしたの？」

「あなた達は弱っていた私を見ても、あの盗賊みたいに何もしてこなかった。だから、もう一度だけ人間を信じることにするわ。どうか私のお父さんとお母さんを助けてください」

少女は姿勢を正して、そう言ってから頭を下げた。

うーん……それだけで人間を信用していたら、また騙されかねないぞ？　まぁ、人間社会に疎《うと》いエルフだから仕方ないのかもしれないが……

何か切羽詰《せっぱつ》まった事情があるのだろうか？

俺は彼女のことが心配になった。

横を見ると、リンネも俺に向かって頷く。

どうやら同じ気持ちだったらしい。

「分かったわ」

リンネが少女の頼みをあっさり受け入れた。

「助けるのは俺も賛成だが……大洞窟の方はいいのか？」

少女の依頼の内容がどんなものにせよ、リンネの目的である大洞窟への到着は遅くなる。

それはリンネにとって問題ないのだろうか？

「ええ。エルフの森は、大洞窟に行く途中で通るわ。それに、大洞窟は逃げないもの。それよりも、この子のことが放っておけなくて」

リンネがそう言うなら、俺が心配することは何もない。

彼女の言葉に、俺は強く首肯《しゅこう》した。

リンネが少女に向き直って尋ねる。

「それで、あなたの名前は？」

「リーン」

「それで……お父さんとお母さんを助けてっていうのは、どういうこと？」

「病気になって寝込んでるの。治療薬が足りなくて、ウチまで回ってきてなくて……二人とももうずっと目を覚まさないの……」

彼女はそのままポツリポツリと状況を説明し始めた。

どうやらエルフの国全体で病気が流行り、たくさんのエルフが感染しているらしい。

中には死の淵《ふち》をさまよっている患者もいるとのことだ。

初期症状は発熱、関節痛や頭痛などで、元いた世界で言うところのインフルエンザによく似たものだと感じた。

だが、時間とともに症状が悪化すると、最後は死に至ることもあるらしい。

時間があまり残されていない可能性を理解したリンネが口を開く。

「なるほどね。それは急いだ方が良さそうね」

俺はふと思った不安を口にした。

「もしかしたら疫病《えきびょう》かもしれないし、リンネが罹る可能性もあるぞ？」

「その時はケンゴならどうにかしてくれるでしょ？」

俺の警告は、リンネの茶目っ気たっぷりなウィンクで返されてしまった。

そんな風に言われたら、どうにかするしかないよな。

回復薬もあるし、超技術の力を使えば大抵の治療はできるだろう。いざとなれば、船に転送してカプセルに入れるという手もある。

「はいはい。その時は俺が治すよ」

俺は少し呆れつつ、彼女の期待に応えるように返事をした。

「それじゃあ、このアジトの件を片付けて、さっさとエルフの里に急ぎましょ」

「了解」

俺達は、リーンを連れてアジトの内部をひと通り探索した後、他の冒険者達と合流する。

冒険者達の報告を聞く限り、アジトは見張りを除いて残党らしき者はいなかったようだ。

元の野営していた場所まで帰った後、リンネが冒険者達に命じた。

「ギルドへの報告と、盗賊達の受け渡しはよろしくね」

「はっ。承知しました！」

合流した冒険者達が敬礼して応えた。

すっかりリンネの部下みたいになっている。


そのまま彼らと別れると、俺達はチャリオンのところへ向かった。

道中、リーンは俺の肩にいたイナホをちらちらと見ていた。

「抱いてみるか？」

イナホと戯《たわむ》れていれば、多少気が紛《まぎ》れるかもしれないと思い、俺はそう提案する。

「うん！」

彼女の反応を見ると、可愛い物が好きなのかもしれない。

「イナホもいいか？」

『痛くしなければいいよ〜』

イナホは一度俺の肩から降りた後、彼女のもとに近付く。

リーンが足下のイナホを持ち上げて、ぬいぐるみでも抱くようにしてイナホを抱えた。

「もふもふ〜」

リーンがイナホに自分の顔を擦り付けて、頬を緩ませる。

イナホはリーンの腕の中で落ち着いたのか、そのまますぐに寝息を立て始めてしまった。

俺はその様子を微笑ましく見ながら、バーベキューセットなどの荷物を手早く片付けて、リーンを馬車に案内する。

「え、これが馬車の中⁉」

馬車に乗るなり、リーンが目を見開く。

「やっぱりおかしいわよね？」

リンネも初めて馬車に乗った時のことを思い出したのか、俺にジト目を向けながらそう言った。

「悪かったって……」

いたたまれなくなった俺は、思わず謝る。

「まぁいいわ。このまま道なりに進んでくれればエルフの森に着くはずよ。行きましょうか」

「了解。急いで向かうとするか。シルバ、最高速で頼む」

『かしこまりました、マスター』

リンネの指示に従い、俺はシルバに命令して馬車を発進させた。

馬車が動き出して数分、俺はリンネに声をかける。

「リンネ、リーンとイナホを風呂に入れてくれ」

「分かったわ」

盗賊のアジトに閉じ込められていたから、リーンは土やら埃《ほこり》でかなり汚れていた。

流石にこのままだと可哀想だと思い、リンネに風呂の世話を頼む。

戻ってきた三人は、見違えるように綺麗になっていた。

リーンも流石エルフといわんばかりの見た目で、とても可愛らしい。

イナホも毛並みがつやつやだ。

三人と入れ替わるように、俺も疲れを取るために風呂に入った。

風呂から上がり、俺は三人に声をかける。

「それじゃあ、皆も疲れているだろうし、明日に備えて寝るか」

今日は明け方から盗賊退治に出て疲れていたこともあったので、普段より早めに休むことにした。

寝室は一つしかないため、そっちをリンネ達に使ってもらうことにして、俺はリビングのソファで休んだのだった。


次の日、目を覚ますと、エルフの森が目と鼻の先の距離まで近付いていていた。

「あ、あれが私達の森だよ！　もう着いちゃった」

リーンが興奮気味に前方を指さした。

俺はソファに腰かけて、リーンに尋ねる。

「そういえば、出会った時のリーンもそうだったが、エルフって人間が嫌いなんだろ？」

「うん、そうだね」

即答するリーンの言葉を聞いて、俺は不安を募《つの》らせた。

イナホを抱いたままの彼女を一瞥《いちべつ》してから、リンネにこっそり確認する。

「そんな場所に俺達が入れるのか？」

だが、リンネは特に気にした様子もなく得意げな表情で答えた。

「ふふん。私を誰だと思ってるの？　ＳＳＳランクの冒険者のリンネ・グラヴァールよ？　エルフの国を助けたこともあるし、きっと入れてくれるわ」

「それならいいんだけどな」

なんとなく嫌な予感はするが……リンネが言うなら大丈夫だろうか。

程なくして、俺達はエルフの国の検問所に辿り着いたのであった。

◆　◆　◆

「それでは、行ってきます」

「ユウキ、ケンジロウ、ヒジリ、マミ、気を付けてな。世界を頼んだ」

勇者としてこの世界に召喚された高校生の俺――ユウキと仲間の友人達に、これまで稽古《けいこ》をつけてくれた騎士団長のイカイラーさんが言った。

「はい、任せてください」

俺はイカイラーさんの目をまっすぐ見据《みす》えて、力強くそう言った。

今日は当初の目的であった災害モンスターの討伐や困っている人々の救出のために城を発《た》つ日だ。

この世界に召喚された俺達が王様から依頼を受けて、訓練の日々が始まってから、それなりの日数が経過していた。

「お父様、行ってまいります」

俺達より三歳ほど歳上の女性、マリオーネさんが俺達に続いてそう挨拶する。

彼女はイカイラーさんの娘で、女性騎士として活躍している。武人だけあって、凛《りん》とした佇《たたず》まいと研ぎ澄まされた雰囲気を纏《まと》っていて、ポニーテールの茶髪と切れ長の瞳が特徴的な人だ。

この世界に不慣れな俺達のためにと、イカイラーさんが気を利かせて付けてくれた案内役でもあった。

正直、俺達だけで城を出て各地を旅するのは不安だったし、魔王種と呼ばれる凶暴なモンスターがどこにいるかも分からない。それゆえ、彼女が付いてきてくれるのは心強い。

「うむ。勇者達の案内役。しっかりと務めるのだぞ」

マリオーネさんの肩を叩きながら言うイカイラーさんに、彼女は頷いた。

「はっ」

そして俺達が乗り込んだ馬車が、いよいよ城から出発する。

走り出して間もなく、俺はマリオーネさんに行き先を尋ねた。

「最初はどこに行くんですか？」

彼女は御者をしながら、俺達に説明を始める。

「今向かっているのは、王都の南にあるゴエーチという街です。どうやらその近くにある遺跡にモンスターが巣を作り、いつの間にかかなり大きな群れを形成しているのだとか。一匹一匹はさほど強いモンスターではないため、ユウキ様達の初めての実戦にちょうどいいと思っていますが……」

「なるほど」

俺とマリオーネさんの会話を聞きながら、後ろで友人の聖《ひじり》と健次郎《けんじろう》、それから真美《まみ》が口々に言った。

「南かぁ。気候的にはここより暑くなるのかしら」

「確かに。もうすぐ季節も夏になるしな」

「こっちの世界に日焼け止めとかないよね。肌が焼けちゃうのは嫌だなぁ……」

ヒュマルス王国に日本と近い気候と四季があることは、王城にいる時に知った。

俺達が今乗っている馬車も、蒸し風呂に近い状態だ。

せめてこの暑さだけでもどうにかできないだろうか……そう考えていたら、健次郎が声を上げた。

「あっ。真美の魔法ならどうにかなるんじゃないか？」

確かに。いまだ日常に魔法がある状態に馴染んでいなかったから、すぐに気付かなかったが、その手があったか。

しかも、真美は城での訓練中に魔法の才を見出《みいだ》されていたし、なんとか解決できるのでは？

「うっかりしてた。試しにやってみるね」

「おう！　早く頼むぜ」

苦笑いを浮かべる真美に、健次郎がそう返す。

「了解。アイスブロック！」

そして彼女がすぐに詠唱すると、荷台の真ん中に巨大な氷の柱が現れた。

この近くならしばらく涼めそうだ。

そう思って氷に近付こうとすると――

「『ヒヒーンッ』」

馬車を引く二匹の馬が嘶いた。

「馬車の中であまり勝手に動かないでください。それに氷を出すと、溶けてから木を腐らせたり、カビが生えたりする危険もあるのでご注意を」

「『すみませんでした』」

馬を制御しながら、表情一つ変えずに説教するマリオーネさん。

その威圧感に負けて、健次郎と真美は素直《すなお》に頭を下げたのだった。

それから馬車で進むこと丸一日。

日が暮れる頃になって、ようやく一つ目の村に辿り着いた。そこは旅の要所に位置していることもあって、賑《にぎ》わいを見せていた。

「本日はこの村で宿泊します」

マリオーネさんが俺達に声をかけた。

健次郎、聖、真美がそれぞれ馬車を降りながら愚痴《ぐち》をこぼす。

「やぁっと着いたか。退屈でしょうがなかったぜ」

「馬車の揺れが激しくて、読書も何もできなかったわね」

「衝撃がダイレクトに伝わるから、お尻が痛いよ」

馬車での移動は、想像以上にきつい。

俺はマリオーネさんの横に座って彼女と話していたからあまり退屈せずに済んだが、彼らは特にすることもなく、後半はただ大人しく座っているだけだった。それに揺れもひどく、快適な移動手段とは到底言えない。

たった一日で旅を億劫《おっくう》だと感じるようになっていた。

三人と話しながらマリオーネさんの後に続いて進むと、俺達は村長の家に辿り着いた。

急いで村長が出迎えてくれる。

「おお、これはこれは勇者様方。ようこそいらっしゃいました」

「お世話になります」

俺が代表して頭を下げると、村長が恐る恐る話を切り出した。

「……それで、来てもらってすぐにこんなことをお願いするのも申し訳ないのですが……一つ勇者様に頼みがありまして、聞いていただけないでしょうか？」

「なんですか？」

「はい。最近、エビルボアというDランクのモンスターが畑を荒らしていまして……その退治をお願いできればと」

村長がそう言って恭しく頭を下げる。

もっと厄介な依頼が来るかもと身構えていた俺は、拍子抜けした。

野生のモンスター討伐は初めてだが、モンスターとの戦闘訓練なら王都の近くにあったダンジョンで行ってきた。

Dランクくらいなら全く問題ないだろう。

俺はそう考えて、自信満々に胸をポンと叩いた。

「もちろんです。任せてください！」

「おお！　感謝いたします」

「やっとモンスターとの実戦か。腕が鳴るぜ」

「私の魔法で消し炭にしちゃうから」

健次郎と真美もやる気十分だ。

「私はまだちょっと怖いわ」

一方、聖だけはまだ戦闘に慣れていないため、少し自信なさげにそう言った。

「それでは、モンスターが出たら呼んでもらえますか？」

「分かりました」

それから俺達は村長の家の離れに案内された。今日の宿泊場所だ。

離れには部屋が二つあって、俺と健次郎、聖と真美とマリオーネさんでそれぞれ一室ずつ使用することになった。

食事は質素で、お風呂もない。ベッドも藁《わら》で作ったもので、お世辞にも寝心地がいいとは言えなかった。

聖の魔法で綺麗にしてもらったとはいえ、日本から来た身としては風呂に入れないのはムズムズするな。

気疲れしていたせいか、俺達はご飯を食べた後、ほどなくして就寝した。

――ドンドンドンッ

「勇者様、起きてください！　勇者様！」

大きな声とドアを叩く音に、俺は目を覚ます。

「誰だよ、こんな夜中に……」

俺達を呼ぶ声の必死さに状況を察して、俺は健次郎を起こした。

「おい、健次郎、起きろ」

「んあっ……あと五分……」

「そんなこと言ってる場合じゃないんだよ！」

「ぐへっ⁉」

俺にはたかれて上体を起こした健次郎が、不機嫌そうな顔で尋ねる。

「何がどうしたって言うんだよ……」

「多分依頼されていたモンスター退治の件だろう。すぐに着替えて出よう」

「マジかよ……」

話を聞いた健次郎が、うんざりしたような顔で呟く。

俺と健次郎はそのまま装備を身に着けて、外に出た。

少し遅れて聖と真美、そしてマリオーネさんもやってくる。

俺達が集まると、村長が口を開く。

「勇者様、エビルボアが現れました」

「分かりました。案内してください」

呼んでくれとは言ったが、まさかこんな夜中だとは。エビルボアも空気を読んでほしい。

俺達は寝起きの重い身体を引きずって、村長の案内で畑に向かった。

「大きいわね……」

エビルボアを見るなり、聖が呟く。

彼女の言う通り、初級ダンジョンで戦ったモンスターとは比べ物にならないくらいの巨体だ。体高二メートルから三メートルくらいはあるだろう。

「はんっ。あのくらい俺に任せろ！」

健次郎が、一直線にエビルボアに向かって駆け出していく。

エビルボアを見て一瞬怯んでいたが、自分を奮い立たせる意味で声を上げたようだった。

あいつの勇気には俺も励まされる。

「ほら、俺達も行こう」

俺は残りの三人に声をかけてから、健次郎の後を追う。

「了解」

「わ、分かったわ」

「背後はお任せください」

聖と真美、マリオーネさんが口々に応えて、俺の後ろに続いた。

エビルボアの前では、健次郎が挑発してモンスターの注意を引きつけているようだった。

「こっちだ、猪野郎《いのししやろう》！」

「フゴォオオオオオオオオッ」

エビルボアが闘牛のように何度か地面を蹴ってから突撃すると、健次郎は持っていた大きな盾《たて》を地面に突き立てて叫んだ。

「アイアンガード！」

同時に、盾の前に青色のオーラが出現する。聖騎士のスキルを持つ健次郎が使える技だ。

エビルボアは気にする様子もなく、スピードを落とさずに健次郎に向かっていく。

――ガァアアアアアアアンッ
盾とエビルボアの頭がぶつかり、まるで銅鑼《どら》でも鳴らしたような音が反響した。

その衝撃が、空気を通して俺達の体にまで伝わってくる。

健次郎はエビルボアがぶつかった勢いで、そのまま後ろに押し出された。

「健次郎！」

「へへへへっ。どうってことないぜ。こいつの攻撃は俺が引き受ける。その隙に攻撃してくれ」

あの巨体の攻撃を受けたら健次郎の防御力でもひとたまりもないと思ったが、それは杞憂《きゆう》だったようだ。

健次郎は全く無傷で、こちらに向かって余裕の表情を見せた。

「「了解！」」

健次郎の指示に従って、俺達はエビルボアに向かっていく。

最初に聖が全員に常時回復の魔法をかける。

「リジェネーション！」

聖女のスキルを持つ彼女が使える、十分間受けたダメージを徐々に回復する魔法だ。これで少しくらいならダメージを受けても安心できる。

「はぁ！」

俺はエビルボアの突進を封じるため、前脚を切りつける。

あまりに簡単に切れすぎたせいで、踏ん張りがきかずに転びそうになった。

「フゴォォオオオオオッ」

慌てて体勢を整えて振り向くと、前脚を失ったエビルボアが頭から地面につんのめっていた。

見た目ほど頑丈ではないようだ。

追撃するように、真美が巨大な炎の槍をエビルボアに向けて放った。

「ファイヤーランス！」

その槍はエビルボアの体を貫通して、通り抜けた場所からプスプスと煙が上がった。

「グォオオオオオオッ!?」

痛みでのたうち回るエビルボアに駆け寄り、俺はとどめを刺す。

「せいやぁ！」

飛び上がって、その頭に剣をブスリと刺し込んだ。

エビルボアはビクンと痙攣《けいれん》した後、その場に横たわって動かなくなった。俺は頭から飛び降りて、健次郎のもとに戻る。

「ふぅ……」

「お疲れ！」

「いったっ」

俺が安堵の息を吐くと、肩に衝撃があった。

健次郎が労《ねぎら》いの意味を込めて、後ろから肩を叩いていた。訓練の成果で力が強くなったからか、かなり痛い。

「お疲れ様」

「おつかれ～」

真美と聖も俺達のもとに集まってきた。

「どうってことなかったね」

「そうだな。大きいからもっと歯ごたえがあると思っていたんだけどな」

「まったく、強がっちゃって。ホントは怖かったくせに」

「なんだとぉ！」

真美の言葉に同意して頷く健次郎だったが、すぐに二人はいつものように言い合いを始めた。

俺がそんな様子を眺めていると、聖が話しかけてきた。

「なんとかなってよかったわね」

「うん。でも、油断だけはしないように気を付けよう」

こうして俺達の初めてのモンスター討伐は、思いのほか呆気《あっけ》なく終わりを告げた。


翌日の朝、村長から謝礼を受けた後、村の人々に見送られて、俺達はその場を去った。

その後も、立ち寄ったいくつかの村でもモンスター討伐の依頼を引き受け、こなしていった。

そしてようやく――

「あれが南の要所、ゴエーチよ」

当初話していた目的の街が見えてきたあたりで、マリオーネさんが俺達に教えてくれた。

俺達は、街を見ようと荷台から御者台の方に移った。

外に顔を出しながら、感想を言い合う。

「へぇ～、王都ほどではないけど、大きいな」

「王都より城壁はしっかりしてそうじゃない？」

「それは南の国と接しているから、防衛のためでしょうね」

健次郎と真美の反応に、聖がそう説明する。

いずれにしても、街が見えた安堵で三人とも嬉しそうな表情だ。

俺も王都以外の初めての街に内心ワクワクしていた。

だが、そんな俺達のテンションとは裏腹に、街の上には暗雲が立ち込めていた。

第三話　危機迫るエルフの里

エルフの国に着いた俺――ケンゴと仲間達は、なぜか今検問所にいたエルフ達に取り囲まれていた。

「怪しい奴め。その子を放せ！」

エルフの一人が、俺達に向けて強い口調で言った。

「話が違うじゃねぇか!?」

「こんなはずじゃなかったのに！」

俺が声を荒らげると、リンネは頬を両手で押さえながらイヤイヤと顔を横に振った。

あれ、さっきリンネは問題なく入れるから任せてなんて言ってなかったっけ？

しかも困ったことに、エルフの皆さんからは、俺達がリーンを人質《ひとじち》にしていると思われているようだ。

俺は頭を押さえながら、数分前の出来事を思い返した。


俺達が馬車で検問所まで向かうと、二十台前半のエルフが声をかけてきた。

「その馬車、止まれ！　ここから先はエルフの森だ。一体何の用だ！」

「私達は依頼を受けてここに来たの。中に入れてちょうだい」

リンネが馬車から顔を出して、そう説明する。

その後ろから俺も顔を覗かせて、様子を窺った。

「なっ！　人間か！　今は他種族の立ち入りを禁止している。引き返せ」

リンネの話に全く耳を貸さず、青年エルフが追い払う仕草をした。

エルフが人間嫌いというのは本当らしい。最初からかなり敵意むき出しだ。

そんなエルフに対して、リンネは自分のギルドカードを差し出す。

「これを見てもそんなことが言えるのかしら？」

リンネの想定通りなら、すんなり入れてもらえるはずだったのだが、ここに誤算が生じた。

エルフの男がこちらを睨みつける。

「SSSランクのギルドカード!?　い、いや、そんなはずはない！　私は以前リンネ様が来た時もここにいたが、その魔力ははっきりと覚えている。今のお前とは似ても似つかない！　まさか私達の前で救世主のリンネ様の名を騙《かた》るとは。お前達の魔力は覚えた。二度と立ち入らせないぞ」

リンネは心底面倒くさそうな顔になった。そして馬車の中からリーンをこちらに呼ぶ。

「はぁ……まぁいいわ。ねぇ、中に入れないみたいだから、リーンからこいつに事情を説明してくれない？」

「ん？　リーン？」

エルフの男が眉を顰《ひそ》めた。そして、リーンが顔を出した瞬間、目を見開く。

「な!?　リーン！　なんでそんな所に!?　お前達、いったいどうやってリーンを攫《さら》った！」

すぐに激怒して声を荒らげる男に、リンネが弁解する。

「私達は攫ってなんかいないわ。むしろ盗賊に捕まっていたところを助けたのよ？」

「嘘つきの言うことなんて聞けるか！　リーンは勝手に森を抜け出すような子じゃない。お前達が連れて行ったに決まっている。リーン、こっちに来なさい！」

急にヒートアップした男を見て、リーンもあたふたしている。

リンネとリーンがその後も男に説明を続けようとするが、一切聞いてもらえず、俺達は検問所で立ち往生する羽目になった。

それでも諦めなかったリーンは、俺達の前に立って根気強く説得を続けた。

俺もリンネとイナホを連れて馬車から降りて、その様子を後ろから見守っている。

「キースおじさん、この人達は私を助けてくれたの。信じて！」

「洗脳までするとは卑怯《ひきょう》な！　人間とは話の通り、狡猾な種族らしいな！」

リーンが説得しようとすればするほど、逆効果になっていた。

エルフ達がさらに激昂《げっこう》する。

「はぁ……敵対しているわけじゃないから、あんまり手荒なことはしたくないけど……」

リンネがなかば諦めモードで、俺にそう言いかける。

「話を聞いてもらえないんじゃ仕方ない気もするけどな……」

今にも襲いかかってきそうなエルフ達を見て、俺はリンネに応える。

そこに、俺達の会話が聞こえたらしいリーンがすっ飛んできた。

「お願い、おじさん達をいじめないで」

涙目で懇願する彼女を見て、俺とリンネは苦い顔をした。

そんな顔をされたら、攻撃するわけにもいかないよな。

まぁ、向こうも彼らの種族のルールにのっとって動いているだけだろうし……悪気はないもんな。

とはいえ、このままでは平行線だ。

進退窮《しんたいきわ》まっているところで、俺の近くに見覚えのある小さな光の玉が近付いてきた。

光の玉は、エルフに向かって話しかける。

「キース、ちょっといいかい？」

「どうしたんだ？」

「ちょっと気になることがあってね」

「分かった。好きにしろ」

光の玉の言葉を聞いたエルフが、腕を組んで黙る。

エルフの男の威嚇《いかく》はやんだが、周りのエルフ達は俺達を睨みつけたままだ。

そのまま光の玉が、今度は俺に向かってきた。

距離が近付き、俺はその正体を認識する。

それは以前にも出会ったことのある存在。

「ん？　やっぱり妖精族か？」

「あ、僕達を知ってるんだね。それに、姿が見えるの？」

妖精の男の子は、目を丸くしつつも俺を嫌うことなく話しかけてくる。

「ああ。俺は以前妖精族と会ったことがあるからな」

ただし、その時に会った三体の妖精――エア、リア、ピアとは別個体のようだが……

俺の返事を聞いた妖精族は、顔の目の前で近づいてジッと見つめてくる。

「そうなんだ。ん～？」

「な、なんだ？」

俺はその近さに思わず狼狽《うろた》えた。

「あっ。親愛の証《あかし》を持ってる。ありがとう。君は僕の仲間に良くしてくれたみたいだね」

俺の顔を舐《な》め回《まわ》すように見ていた妖精が頬を緩ませる。

親愛の証とは、俺が以前遭遇した妖精から額に受けたキスのことだ。

「よくしたって言っても、お菓子をあげただけだけどな？」

俺としては、野良《のら》の犬か猫にちょっと餌をやったくらいの認識で、礼を言われるようなことは何もしてないのだが……

「お菓子!?」

俺の言葉に今までのんびり話していた妖精が、一際《ひときわ》大きな反応を見せた。

エア達もそうだったけど、妖精族って皆お菓子が好きなのか？

「お前も食べるか？」

「え、いいの!?」

俺の提案を聞いた妖精が目を輝かせる。

「ああ、はいよ」

「わーい！」

俺が自分の手にクッキーを載せると、妖精は俺の手の上に座った。

「いただきまーす！」

そのままクッキーに齧《かじ》りつき、彼は無言で食べ続ける。

クッキーを腹に収めた後、妖精が口元をゴシゴシと手で拭《ぬぐ》って尋ねてきた。

「そういえば、お菓子をあげた妖精っていうのは？」

「エア、リア、ピアだな」

「あの三人かぁ。それなら納得かも。僕達は基本的に一カ所に留まっていることが多いんだけど、あの三人は飽きっぽくて、あちこち飛び回っているから……その途中で出会ったのかもね」

俺の答えに、妖精が苦笑いを浮かべた。

どうやらあの三人は、妖精族の中でも変わり者らしい。

「そうなんだな」

「うん。あっ、そういえばまだ名乗ってなかったね。僕はエイビー。よろしくね」

「ああ。俺はケンゴだ。こちらこそよろしくな」

エイビーの自己紹介に俺が応えると、彼はエルフ達に顔を向けた。

そういえばすっかり話し込んで、エルフ達のことをほったらかしにしてしまった。

「今のやり取りを見て分かってくれたと思うけど、この人は敵じゃないよ。悪意がこれっぽっちも感じられないからね」

エイビーがそう言った瞬間、エルフ達が持っていた武器を捨てて、俺達の前で跪いた。

「なんと……これまでの非礼をお許しください。まさか妖精族に認められた方だったとは……」

「いやいや、気にしないでくれ。それより、急に態度が変わったのはなんでだ？」

俺が問うと、キースと呼ばれていたエルフの男が代表して説明してくれる。

「妖精族は精霊族に近く、人の悪意にとても敏感《びんかん》なのです。そのため、邪《よこしま》な相手に親愛の証を送ることは絶対にありません。翻《ひるがえ》せば、彼らの親愛の証を持っている人間なら、信頼に値《あたい》するということです」

「なるほどな」

まさか、こんなところで親愛の証が役立つとは思わなかった。

エア達にお菓子をあげたのが功《こう》を奏《そう》したな。

他のエルフ達も落ち着きを取り戻したところで、俺達はここを訪れた経緯を説明する。

さっきまでの問答がなんだったのかと言いたくなるくらい、エルフ達はスムーズに状況を把握してくれた。

キースが頭を下げる。

「なんと、そういうことでしたか。我が同胞《どうほう》のリーンを助けていただいたばかりか、この森まで送り届けてくださり、本当にありがとうございます」

「いやいや、全然。元々エルフの森を通る予定だったから問題ない」

「元々通る予定と言いますと？」

俺の言葉の意味するところが分からず、キースが不思議そうな顔をした。

「このままエルフの森を抜けて、大洞窟に行くつもりだったんだ」

「そういうことでしたか。しかし、そうだとしても我らの事情に巻き込んでしまったのは事実。誠に申し訳ありませんでした」

「だから気にしなくていいって。それより本題に移りたいんだが……一応回復薬を持っていてな。もしかしたら、リーンから聞いた里の状況をなんとかできるかもしれない」

回復薬は、以前『奈落』にいた際に瀕死のリンネを救ったものだ。その時は外傷を治すために使ったが、病気にも効き目はあるんじゃなかろうか？

「それは本当ですか⁉　特殊な病なのですが」

「おそらく治るとは思うが、確証はまだない。悪化することはないと思うけれど、一回誰かに使って試した方がいいだろう」

俺が男と話していると、リーンが懇願するように割り込む。

「私のお父さんとお母さんに使って！」

俺としては、リーンの両親には元々回復薬を飲ませるつもりだった。ただ最初は実験台になるため、あえて言わなかったのだが……

「この子もそう言っておりますし、リーンの両親に使っていただけますか？」

キースからもそう言われて、俺は頷く。

「分かった」

そして俺達は、リーンの両親が住んでいるというエルフの森の南側、サウスウッドに向かうことになった。


キースの後を追いながら、俺はこの森のことを聞いた。

エルフの森は東西南北の四つの氏族と、中央の城に住む王族の計五つに大別されるらしい。それぞれ、イーストウッド氏族、ウエストウッド氏族、サウスウッド氏族、ノースウッド氏族、そして王族のアールヴ氏族と呼ばれているそうだ。

リーンはサウスウッド氏族で、キースとは元々面識があったとのこと。

それもあって、彼が案内役を買って出てくれたんだろう。

キースは若い見た目をしているが、実際は数百年生きていて、地位も高いとのこと。本来、検問所にいることは稀《まれ》なのだが、今は非常事態で元気な人が足りないため、駆り出されていたらしい。

そんなキースだが、かなり足が速い。

Aランク冒険者くらいの力はありそうだ。

俺とリンネは問題なくついていけるが、リーンは厳しいだろうということで、俺が背中に負ぶっている。

ちなみに、イナホはリンネの腕の中で眠っていた。

こいつ、たいてい食ってるか寝てるかのどっちかじゃないか？

しばらく森を駆け抜けると、遠くに明かりがポツポツ見えたところで、キースが足を止めた。

「あそこがサウスウッドの里です」

幹のあちこちに穴が開いていて、その中から明かりが漏れた巨大な木がそびえていた。

それは木の内部が家になっていることを物語っているようだ。

周囲には淡い光を放つ妖精達が飛び回り、暗い世界を照らして幻想的な空間を作り出している。

「うぉおおおお……これがエルフの里」

俺は無意識に感嘆の声を漏らして、放心状態で里を見渡した。

「久しぶりに来たけど、ここは変わらないわねぇ。妖精も相変わらず騒《さわ》がしいし」

俺の横で、リンネも感慨深そうに辺りを眺めていた。

「リンネは妖精が見えるのか？」

「ええ。私はエルフの血も入っているからね」

そういえば、色んな種族の血が混ざっているという話を聞いたことがあったな。

イナホも妖精が見えるらしく、リンネの腕から飛び出して、お尻をフリフリしながら妖精族を狙う仕草をした。

『あの妖精さん、捕まえてもいい？』

イナホの言葉を聞いた妖精達が、蜘蛛《くも》の子を散らすように逃げ出す。

『『キャーッ』』

そんな俺達の様子を見て、キースが目を丸くした。

「皆さん、いい目をお持ちのようですね」

「それほどでも」

彼は、俺達が妖精を視認できていることに驚いているようだった。

妖精が見えるのは本当に稀らしい。

「それに、冒険者としての力も凄そうですね」

「分かるのか？」

「普段より速度を上げて移動していましたが、二人とも息一つ切らさずついてきましたからね」

どうやらここに来るまでの間で、キースに力量を測られていたようだ。

「なるほどな。で、何か気になるところはあったか？」

「いえいえ、むしろ素晴らしいの一言です」

里に入ったところで、キースより年上のエルフが数名近付いてきた。

彼らは俺達の姿を見るなり、険《けわ》しい顔になった。

「キース、この国の一大事に、人間を入れるとは何事だ？」

「そうだ。汚《けが》らわしい人間どもなんて入れたら、何をされるか分かったものではないぞ！」

「滅びが加速するかもしれん！」

キースに向かって次々に野次《やじ》を飛ばすエルフ達。

もしかしたら、リーンと同じように彼らも人間に騙された経験があるのかもしれない。

そう思わせるほどの憤《いきどお》りを、俺は彼らから感じ取った。

キースとリーンが俺達の前に立って、庇《かば》ってくれる。

「待て。この方達は、妖精族の親愛の証を持つ者とその仲間であり、リーンの命の恩人だ。無礼は許さん」

「そうだよ。リンネお姉ちゃんとケンゴおじさんは良い人だもん！」

あ、おじさんって言われた……できればお兄さんって言ってほしかったな。

とりなそうとしてくれたのはありがたかったが、俺はリーンの言葉に思わぬダメージを負った。

それはさておき、キース達が説明してもなお、エルフ達は言い返してくる。

「ちっ。おかしなことをしたらただじゃおかないからな！」

「さっさとどっかに行けよ！」

「すぐにその化けの皮を剥《は》いでやるからな！」

態度は一向に軟化せず、彼らは俺達にきつい言葉を浴びせて、その場を去っていった。

検問所とは違い、そもそも人間と触れる機会が少ないだけに、よりガードが堅いのだろうか。

俺達のやり取りを見ていた他のエルフ達も、直接は言わないものの、冷たい視線を向けてくる。

里全体にピリピリした空気が漂っていた。

人間が憎いのは分かるが、流行り病だけでこれほど緊迫した雰囲気になるだろうか。

もしかしたら、病以外にも何かが起こっているのかもしれないな。

俺は少し警戒度を上げた。

キースがバツの悪そうな表情で頭を下げる。

「申し訳ありません。里に病が流行っていて、皆気が立っているのです」

「俺は気にしていないから大丈夫だ。な？」

「えぇ。人間をよく思っていないことは知っているから問題ないわ」

俺が同意を求めると、リンネも頷いた。

「そう言ってくれると助かります」

俺達の言葉にキースが安堵する。

それから数分ほど話しながら里を歩いていると、突然リーンが俺の背中から飛び降りて走り出した。

「お父さん、お母さん！」

首を傾げる俺に、キースが指さしながら教えてくれる。

「あそこがリーンの家ですね」

盗賊に捕らえられて何日も会っていなかったはずだから、久々の再会だろう。しかも両親の容態はよくないと聞いたし、かなり心配だったに違いない。

家に飛び込んでいったリーンに続いて、俺達も中に入る。

扉が開きっぱなしの部屋の前まで来ると、そこにはベッドに横たわったまま、荒い呼吸を続けるエルフの姿があった。

リーンの両親だと聞いていたが、その見た目は高校生くらいにしか見えない。

流石長命なエルフだ。ただ、病で倒れているせいか、普段なら美しいはずの容姿は痩《や》せこけていて、今は見る影もなかった。

だが、まだ息はある。すなわち、最悪の事態は免《まぬが》れたということだ。

「お薬くれる人を連れてきたよ。もう少しだからね……」

リーンがベッドの横で女性のエルフの手を握って、涙を浮かべながら声をかける。

俺はその横まで移動して、二人の様子を見た。

「治せますか？」

リーンが涙目でこちらを見上げる。

「やってみよう」

俺はそれだけ言って、すぐに回復薬を取り出すと、そのうちの一本をリンネに手渡した。

母親の方はリンネに任せた方がいいだろうという判断だ。

俺は父親の上体を起こして、彼の口に回復薬を流し込んだ。

リンネも同じタイミングで母親に薬を飲ませる。

二人が回復薬を飲み込んだのを見て安堵していると、その直後、二人の体が淡く光り出した。

一分もしないうちに、青ざめていた彼らの顔は血色がよくなり、痩せこけていた体にも生気が戻ったような感じがした。

「う……うう……ここは……」

「私は一体……なんでベッドに……」

リーンの両親がゆっくりと目を開けた。

目を覚ましたばかりだからか、今までの状況を思い出せないようだ。

そんな二人を見て、リーンが涙を流しながら二人の胸元に飛び込んだ。

「お父さん、お母さん！」

二人は突然リーンが飛び込んできたことに驚きながらも、優しい笑みを浮かべて受け止めた。

「おっと。こらこら、リーン。いきなりどうしたんだ」

「そうよ、リーン。大袈裟《おおげさ》なんだから」

リーンの母が頭を撫でながら彼女を諭すように言った。

キースが目の前の光景を見て、感嘆の声を上げる。

「これは凄い効果ですね……あっという間に治ってしまった。いったいその薬はなんですか？」

「それは……秘密だ」

全く何も考えてなかったので、俺は苦し紛れにそう言った。

「そうですよね。これだけの薬だ。秘伝中の秘伝。とても希少な素材が必要でしょうし、製法を教えてもらえるわけがないですよね」

もっと追及されるかと思ったが、キースが変な勘違いをしてくれて上手いこと話が進んだ。

ちょうどいいので、特に訂正したりせずに、そのままにしておくか。本当は俺も製法を知らないってだけなんだけど。

キースが俺との話を切り上げて、わざとらしく咳払いする。

「コホンッ」

そこでようやく俺達の存在に気付いたのか、リーンの両親が居住まいを正した。

「あ、これはキース殿。このような姿で申し訳ない」

リーンの父がベッドに座ったまま頭を下げる。

「いや、私も断りもなく家の中に入ってきたから、そこは気にしないでくれ。ところで、体調はどうだ？」

「はい。今までより快調なくらいです。そうか……私達はあの病に罹っていたんですね、思い出しました」

肩を回したり、腰を捻ったりしながら体の確認をしてから、リーンの父がキースに答える。

先ほどまで混濁《こんだく》していた記憶も、完全に目が覚めたことで回復してきたらしい。

「そうだ」

「それで……私と妻の治療をしてくださったのはどなたでしょうか。まだ治療薬は開発されていなかったはずですが」

キースがその質問に、俺を手のひらで示しながら答える。

「こちらの方が薬を提供してくれたのだ。妖精の親愛の証を持っていて、邪な人間ではない。それに、里の外に出て盗賊に捕まっていたリーンを助けてくれたのもこの方らしい。きちんと感謝するように」

その言葉を聞いて、リーンの父が勢いよく頭を下げる。

「そうだったんですね。このたびは妻と娘共々助けていただき、誠にありがとうございました。私はアールス。こっちは妻のノインと申します」

「ノインと申します。本当にありがとうございました」

アールスに倣《なら》って、ノインもお辞儀《じぎ》した。

「どういたしまして。俺はケンゴ。こっちはリンネ。そしてこいつはイナホだ。よろしくな」

俺は頬を掻きながら、自己紹介した。

「はい。よろしくお願いします。あ、対価は何をお支払いすればよろしいでしょうか？」

不思議そうな顔でアールスが尋ねてきた。

「いや、別にお礼なんていらないぞ」

俺としては持っていた回復薬を提供しただけだし、リーンを助けたのも盗賊団を潰したついでに近い。それで対価を受け取るのは気が引ける。

「そういうわけにも参りません。あなた達は冒険者ですよね」

「そうだが……」

「それならこういう時は、しっかり対価を受け取るべきです。かつて私も森を出て冒険者をしていたことがありましたが……誰かが無償で依頼を受けてしまえば、報酬を必要とする他の冒険者の迷惑になることもありますから」

アールスの熱弁に気圧《けお》されて、俺は少し考える。

「……そう言われても、欲しい物なんて思い浮かばないしなぁ」

生活に不満はないし、資金も困っていない。うーん……

そもそも回復したばかりの相手から何かをいただこうという気持ちにもなれなかった。

ふとそこで、アールスが何かを思いついたようだ。

「それでは、我が娘をお送りするというのは……人間はエルフの容姿を好むと言いますし」

「え？」

いや、流石に両親を治すために走り回った家族想いの娘をもらうなんて、できるわけないだろう。

それに、俺にはリンネがいるし……

まぁ、この世界ではお礼としてそういう習わしが染みついているってこともあるから、仕方ないが……少なくとも俺はなし。

「いや、残念だが、そういう報酬を受け取ることはできない。家族を引き離すのも申し訳ないしな」

「そうですか……」

だが、このまま何も受け取らないというのも彼らが納得しないだろう。

何か代替案は……と思ったところで、一つ閃《ひらめ》いた。

「可能ならでいいんだが、エルフの料理を教えてもらうってのはどうだ？」

「え、そんなことでいいんですか？」

アールスが不思議そうな顔で聞き返した。

「もちろんだ。俺にとっては、それだけ価値あるものだからな」

彼らからすれば、エルフ料理のレシピを教えるなんて簡単なことかもしれないが、俺からしたら未知のメニュー。異世界の珍しい料理が食べられるのは、俺にとって嬉しいことだ。

俺の答えを聞いたアールスが、とても真剣な表情で自身の胸をポンと叩いた。

「分かりました。命の恩人の頼みです。国中からレシピを集めてあなたに差し上げましょう」

「いや、そこまでしなくても……」

そんなに重く捉えられると、むしろ恐縮してしまうのだが。

「いいえ、リーンだけでなく、私達の命まで救ってもらったんです。このくらいさせてください」

「はぁ……分かったよ」

そこだけは譲れない、というアールスの強い意志を感じ取った俺は、仕方なくその提案を受け入れた。

まぁ、それで彼らの気が済むならいいか。

気を取り直して、俺はキースに話しかける。

「それじゃあ、他の患者の所へ案内してもらえるか？」

回復薬がエルフの病気に有効なのは実証できた。

リーンの両親もかなり危ない状態だったし、他のエルフ達もできるだけ早く治した方がいい。

それに、リーンの家だけ治療しても、再度外から感染しないとも限らないしな。

「いいんですか？」

本心を窺うように尋ねるキースを、俺はまっすぐ見据えて頷いた。

「当然だ。回復薬は大量に持っているからな」

「マジックバッグですか……助かります。それでは私についてきてください」

「分かった」

俺はキースの案内に従い次々と患者のもとを訪れて、回復薬を投与していく。

数時間で数百人のエルフが意識を取り戻した。

これだけの人数が回復したということは、完全に効果があることが分かったな。

「これでひとまずサウスウッドにいる患者は全員処置しましたね」

なんとか一日でサウスウッドの里の患者全員を治すことができ、俺達は安堵した。

俺はそのままキースに提案する。

「そうか。じゃあ別の集落に行こう」

「お気持ちはありがたいのですが……今日はもう遅いですし、ケンゴ様も働き詰めですから、お休みになってください。正直申しますと、私も体力の限界が近くて……」

「確かにキースにはかなり無理させたかもしれない。案内してくれて助かった。続きは明日にしよう」

気づけば夜の帳《とばり》が下りていたので、今日は解散することに決めた。

俺達はアールスとノインの誘いもあって、リーンの家に泊めてもらう手筈《てはず》になっている。

「おかえりなさい、お姉ちゃん、お兄ちゃん」

再び家に入ると、リーンが元気に俺達を迎えてくれた。

案内されたダイニングには、すでに真ん中にある大きなテーブルに所狭しと料理が並んでいた。

リーンには途中で呼び方を変えてもらうようにお願いしていた。

リンネとそれほど年齢が変わらないのだから、それに合った呼び方がいい。

些細《ささい》なことだが、その辺りは俺にとっては大事な問題だった。

まぁ、リーンの両親を見た後だと、おじさんと呼ばれても仕方ない気はするんだけどな……

「ケンゴさん、リンネさん、おかえりなさいませ」

「ささ、こちらへどうぞ」

アールスとノインから、まるで貴族を扱うような丁重な歓待を受けた。

少し居心地の悪さを感じつつ、俺はリーンに手を引っ張られて席に着いた。

「改めて今日は我が里を助けていただきありがとうございました」

アールスが俺達に向かってお礼の言葉を述べると、ノインが後に続いた。

「娘も無事に帰ってきて本当によかったです。ささやかではありますが、腕によりをかけてエルフに伝わる料理を作らせていただきましたので、ぜひご堪能ください」

「お兄ちゃん達のおかげで皆が元気になってよかった！　本当にありがとう！」

俺は照れくさくなって頭を掻く。

そのままリーン一家との乾杯とともに、食事がスタートした。

料理は森で獲れる香辛料を使ったものが多く、どれもピリッとスパイシーな味わいで、とても美味かった。

一緒に用意されていた酒は、エルフ達が作ったという蜂蜜《はちみつ》を使った甘みのあるものだった。舌触りが滑らかで飲みやすく、ついがぶがぶ飲んでしまった。

途中からキースやリーンの親戚のエルフ達も参加して、賑やかになった。

気付けば、俺は飲みすぎたせいかべろんべろんになってしまっていた。

宴《うたげ》が終わり、俺は眠りこけるリンネとイナホを抱えて、ダイニングを出る。

寝室として貸してくれた部屋に向かうと、俺はそのまま倒れ込んだ。

部屋を出る間際《まぎわ》、リーンは家族で一緒に寝られることを嬉しそうに教えてくれた。

よほど両親のことが恋しかったんだろうな。

そんな風に思い返しているうちに、俺の意識は遠のいていくのだった。

「ん……ここは？」

目を覚ますと、そこは真っ暗な空間。俺の身体はその場に浮いていた。

「確かリーンの家で寝ていたはずだけど……ここはどこだ？」

寝ている最中に、どこかに飛ばされたとでもいうのだろうか。

俺がぼんやり考えていると、緑色の激しい光が突如としてどこからか発せられ、俺は目を瞑《つぶ》った。

「うっ……くっ」

あまりに強い光を受けて、俺が目を押さえながら悶《もだ》えていると、弱々しい声が耳に入る。

『聞こえ……ますか……誰か……聞こえますか？』

視界がまだ戻らないので、俺は目を瞑ったまま叫んだ。

「誰だ！　俺を呼んだのはお前なのか⁉」

俺が問いかけると、その声の主が安堵したような声色で呟く。

『ああ……やっと私の声が聞こえる方に出会えました……』

何か切羽詰まっているような感じはあるが、いまいち話が見えない。

俺は声の主にもう一度聞く。

「おい、お前は何者だ！　俺をここに呼んだ目的はなんだ！」

『あぁ、私の声に反応してくれた嬉しさで、我を失ってしまいました。申し訳ございません……私は世界樹の精霊のユラと申します』

「なに……世界樹の精霊だと？」

『はい』

ユラから語られた内容に、俺は思わず聞き返す。

世界樹と言えば、元の世界にいた時も物語などで聞いたことがある、有名な大樹だったはず。その大樹の精霊が、面識のない俺の前に現れるなんて尋常《じんじょう》じゃない。

まだ分からない部分もあるが、強い力が彼女からは感じられるし……

嘘ではないだろう。

視界を取り戻した俺がゆっくり目を開けると、目の前には植物の蔓《つる》や葉で形作られたドレスを身に纏った女性が佇んでいた。

「その精霊が俺に何の用だ？」

「はい。時間がないので単刀直入に言いますが、私を助けてください」

「どういうことだ？」

あまりに簡単にまとめられすぎて、それだけでは何をどうすればいいか分からない。

「私は今生命の……」

俺の問いにユラは答えようとするのだが、その姿は徐々に消えていき、声も最初と同じくらいか細くなっていた。

途中で聞き取れなくなったまま、会話が途切れてしまう。

「なに？　なんだって!?」

彼女はその後も何かを伝えようとしていたものの、そのまま姿が消えてしまった。

なんとなくユラの生命が危ないであろうことは察せられたが、原因も対策も分からない。

とはいえ、エルフ達にとって大事な木だ。枯らしてしまうのは可哀想だな。


そこまで考えたところで、俺は目を覚ました。

「はっ!?」

リンネは俺の隣であどけない寝顔を晒《さら》しており、イナホは枕元で丸くなっている。

「夢か……それにしては変な内容だったな……」

自分の身体を見回して、俺はぐっしょりと汗をかいていることに気付いた。

「ん……んん……どうしたの？」

リンネが俺の声で目を覚ます。

「いや、なんでもない」

彼女は寝ぼけ眼《まなこ》を擦りながら聞いてくるが、俺は首を横に振った。

とりあえずエルフの流行り病を治すことが先決だ。

◆◆◆

それから数日かけて、俺達は残りの集落を回って、患者の治療を進めた。

無事全ての里での治療を終えた頃、キースが俺に頭を下げた。

「このたびは里を救っていただき本当にありがとうございました。それで……お願い続きで誠に申し訳ないのですが、我が国の都、アルブヘイムのエルフ達も治療していただけないでしょうか？」

「それは構わないが……俺達が行っても構わないのか？」

これまで見たエルフの人間嫌いっぷりと、本来なら真っ先に頼むべき国の中心での治療に一切触れなかった事実。

これらを総合したら、受け入れられないだろうと思ったのだが……

俺がそんな予想を口にすると、キースは頷いてから言った。

「本来なら立ち入り禁止なのですが、これまでのケンゴ様の活動を伝えましたところ、女王陛下から直々に許可が下りました」

キースの言葉にリンネが補足する。

「なかなかあることじゃないわよ。アルブヘイムで私以外の人間を見たことがないし」

リンネの話を聞く限り、かなり異例なことなのだろうと分かった。

彼女の言葉に、キースが反応した。

「まさかとは思いますが……もしかしてリンネ様は本当にリンネ・グラヴァール様本人なのですか？」

「ええ、そうよ。それが何か？」

「いえ、先ほどの検問所では疑ってしまいましたので……その節《せつ》は大変ご無礼をいたしました。魔力の質が、別人のように変わっておりましたので、気付けず申し訳ございません」

「そのことならもう気にしなくていいわ」

「ありがとうございます。それではご案内いたします」

キースが、ホッとした様子で俺達を先導する。

辿り着いたのは、台形の舞台のような建造物だった。

その上で、木の根っこが寄り合わさってできた円環が口を開けている。

輪の中は、極彩色《ごくさいしき》の膜《まく》が張っていた。

「これは？」

俺が指をさしながら聞くと、キースが説明してくれる。

「フェアリーゲートと言います。私達エルフや妖精族といった森に愛された種族と、その同行者のみが使用できる転移装置です。森の精霊の力で動いていると言われています」

「へぇ～、そんなものがあるのか」

説明を聞いた俺は、改めて目の前の円環をまじまじと見つめた。

この国は、ファンタジー世界ならではの光景やアイテムがたくさん見られるから、興奮しっぱなしだ。

「とはいえ、このフェアリーゲートが転移できるのはアルブヘイムとここだけですが。では参りましょうか」

キースがそう付け加えて、ゲートを潜っていく。

「了解」

そして俺とリンネとイナホも、彼の後に続いてフェアリーゲートの中へ足を踏み入れるのだった。


「これは……」

ゲートを潜った俺は、視界に広がる光景に目を奪われた。

建物以上の高さを持つ巨木に、太陽に照らされて輝く湖。それから白亜《はくあ》の城という圧巻の景色がそこには広がっていた。

『でっかーい!!』

俺の肩に乗っていたイナホも興奮している。

「救世主様。ようこそ、アルブヘイムへ」

整列していたエルフ達が、俺達を出迎えてくれる。

キースからの報告で、すっかり俺のことが伝わっているのだろう。

「救世主なんて、そんな大それたものじゃないんだが……」

エルフ達の反応に俺が困惑していると、リンネが俺を肘で小突く。

「病を治したんだもの。エルフからしてみれば、似たようなものでしょ。それにまだ何かありそうだしね。しゃんとしなさい」

「分かったよ」

そのままリンネは、意味ありげに大樹に視線を向けた。

俺も彼女に倣って、その木を見上げる。

大樹は葉を散らしていて、その威容《いよう》とは裏腹に弱々しさが感じられた。

もしかしたら、昨日夢に出てきた世界樹はあれのことか？

俺は昨日のユラとの話を思い返す。

その弱った姿を見ると、ユラの言葉も現実味を帯びてくるな。

「それでは早速ではありますが、お願いできますか？」

「分かった」

俺達はエルフの皆に案内されるまま、患者達のもとへ足を運び、回復薬を飲ませた。

他の集落ほど人数も多くなく、俺達はあっという間に治療を終えた。

「これでもう病に罹っているエルフはいなくなったのか？」

「いえ……実は、女王も感染しておりまして……」

申し訳なさそうなキースの言葉に、俺はすぐに答える。

「女王には直接会えるのか？」

「はい！　すぐにご案内します。ありがとうございます」

ここまで来たら最後まで面倒を見させてもらおう。

俺はキースの言葉に頷き、城へ連れていってもらうことにした。

「いやぁ……近くで見ると凄いな……この城」

『あの水たまり、おっきいね！』

歩いて城下町を抜けた後、俺とイナホは感動の声を上げた。

信じられないほどに大きく、水面《みなも》の煌めきを反射して輝いている。

イナホは俺とは違って、城ではなく湖の存在に目をキラキラさせている。

湖も今まで見たことがないのだろうか。

リンネが俺達の反応と城を交互に見て、懐かしそうに目を細めていた。

「私も初めてきた時は感動したわ。ここは綺麗だものね」

そのまま城の中に入り、俺達はキースの案内で一番奥の部屋までやってきた。

——コンコンッ
キースがノックすると、中から扉が開いた。

「……こほっこほっ……入ってください」

同時に、少女の弱った声が部屋から聞こえた。

部屋の中では、他のエルフよりも高貴な雰囲気を纏った女性がベッドに座っていた。

弱っているせいか、今にも消えそうな儚《はかな》さが感じられる。

見た目は高校生くらいの美少女だが、話を聞く限り、どうやらこの子が女王らしい。

「元気……そうではないわね。アレナ」

リンネが、その痛ましい姿に心配そうに顔を歪ませながら、声をかける。

この国に来たことがあるとは聞いていたが、まさか女王様と知り合いだとは思わなかった。

アレナと呼ばれた少女が、辛そうな表情で挨拶を始めた。

「リンネちゃんは元気そうね。それから、そちらの方が救世主様ですね？　私は、この国の女王のアレリアーナと申します。このような姿での謁見《えっけん》になってしまい、申し訳ございません」

衰弱しても女王然と振る舞うアレリアーナを見て、俺は話を進めることにした。

「俺はケンゴです。体調が優れないようですし、挨拶はこれくらいにして、まずはこの薬を飲んでみてくませんか、女王陛下」

「分かりました。あ、私のことはアレナで結構ですよ。堅苦しい敬語も不要です。リンネちゃんが連れてきた方ですから」

「あ、あぁ……これからはそう呼ばせてもらうよ」

そのまま俺が手渡した回復薬を受け取ると、アレナは一気に飲み干した。

苦しそうだった表情は和《やわ》らぎ、溌剌《はつらつ》としたオーラが発せられる。

それからアレナは上体を起こして、身体が動くかを確認した。

「ふぅ……この薬は本当に凄いですね。あっという間に回復してしまいました」

「それは良かった」

髪の毛が額にくっつくほど汗のかいた顔で微笑む彼女に、俺は笑い返した。そしてアレナがすっかり元気になったところで、気になったことを尋ねる。

「そういえば、この里に起こっている異常は、病以外にもあるんじゃないか？」

「それは……そうですね。薄々お気付きかもしれないのですが、私達の守り神である世界樹様が枯れかけているのです」

心を痛めた様子で、アレナが答える。

ユラから聞いていた話と重なるな。やはりあれは精霊から実際に話を聞いていたのか。

「……原因は？」

「それが分かっておりません」

少し考え込んでからアレナに尋ねると、彼女は苦々しい表情で首を横に振った。

「そうか。実はな……昨日夢の中で世界樹の精霊のユラという存在に会ったんだ」

「なんと!?」

俺の言葉を聞いて、アレナが目を丸くする。

そばにいたキースや侍従達も同じように驚いていた。

そんな中、リンネが鋭い目つきで俺を問い詰める。

「なんで朝の時点で話してくれなかったのよ！」

「いや、俺だってその時は信じきれてなかったし……いきなりそんな話をされたら、リンネだって疑うだろ？」

「まぁ、それはそうだけど……突拍子もないもの」

俺が言い返すと、リンネがすごすごと引き下がった。

「それで、精霊様……ユラ様はなんと？」

「時間がなくてな。助けてほしい、ということだけ聞いたんだ」

「なるほど……それならば、ケンゴ様を世界樹様のおそばにお連れしましょう」

「陛下！」

アレナの言葉を、キースが咎めた。

おそらく限られた者しかそばに行けないとか、そういった事情なのだろう。

守り神って言っていたしな。

「キースの気持ちも分かりますが、現状私達に打てる手はありません。それなら、ユラ様のお言葉を聞いたというケンゴ様にお願いするのが一番でしょう。彼の力は、近くで見ていたキースが一番よく分かっているはずです。ケンゴ様、治療の手立てはございますか？」

アレナはキースを諭して自分の意見を押し通した後、俺に視線を向けた。

「そうだなぁ。可能性はあるとだけ」

「分かりました。試してみましょう」

病なら、今まで治したエルフ同様に回復薬が効くはずだ。

ただ、世界樹のあの大きさを見ると、どの程度の量が必要になるかは分からない。

「それでは参りましょう」

「了解」

俺はすぐに準備をしてアレナに続いた。リンネも一緒だ。

世界樹の根元に到着すると、俺とリンネはポカーンと口を開けて放心状態になる。

「うわぁ……世界樹って一体どのくらいでかいんだろうな……」

「そうね。私もここまで近付いたのは初めてだわ。この距離だと、ますます圧倒されるわね」

もはや木ではなく山と言った方がしっくりくるな。

『この木に生《な》る木の実は、どのくらいの大きさなんだろう？』

イナホもポカンとして見ていたが、その感想は俺達とは丸っきり違った。

根元で足を止めた俺達に、アレナが話しかける。

「ケンゴ様、お願いできますか？」

「分かった。この大きさだと人手が必要だ。全員手伝ってくれ」

「「「分かりました」」」

アレナと一緒にやってきたキースとその他十人ほどの兵士がそう言って、俺から回復薬を受け取った。

「了解」

リンネもいくつか薬を持っていくと、根元に振りかけ始める。

それから一時間ほど経った頃、世界樹全体が淡く白い光を放ち始めた。

「おお、これは……」

「ああ……世界樹様……」

「このままかけ続けよう！」

キースのかけ声でその作業をさらに続けると、徐々に根や幹にハリと艶《つや》が戻ってきて、枝には次々と青々とした葉が生え始める。

最終的に三時間ほどで、世界樹は俺が最初に見た時とはまったく異なる、力に満ちた姿を取り戻していた。

その光景を見て、キースとアレナが俺の手を取った。

「まさか、世界樹様の治療までなされるとは……貴殿はまさしく救世主と呼ぶべき存在だ」

「えぇ……えぇ……本当に。これほどのことを成し遂げるなんて、神の使徒と言われても信じられますね」

彼らが涙ながらに感謝を述べる後ろで、他の兵士達も全員涙を流していた。

「こうしてはおれません。エルフの里の全ての危機が去った今、ケンゴ様の功績を公の場で知らしめる必要があります。すぐに里を挙げての宴の準備を！」

アレナが涙を拭って、兵士に指示を出し始めた。

「「「はっ！」」」

兵士達が意気揚々《いきようよう》と駆け出していく。

「いやいや、別にそんなことしなくても……」

俺としては大げさにしてほしくないんだが……

「いえ、エルフは受けた恩は忘れません。我が民も私と同じ気持ちのはずです。来てくださいますよね？」

有無を言わせずといった圧を出して、アレナが俺に聞いてくる。

「はぁ……分かったよ」

「ありがとうございます。準備に時間がかかるので、客室にご案内します。そちらでお寛《くつろ》ぎください」

こうして俺はエルフの里の救世主として、宴に参加することになったのだった。

数日後、俺達はアルブヘイムの街の中心の広場にいた。

俺達が案内されたのは、その広場の中心にある塔で、その一番上から地上を見下ろしている。

下には見渡す限りエルフ、エルフ、エルフ。

エルフの群れが塔の周りを囲んでいる状態だ。

アレナがバルコニーのように突き出た場所に進んで、語り始めた。

「よく集まってくれました同胞達よ。先日まで我らが森は未曾有《みぞう》の危機に瀕していましたが、その問題は此度解決いたしました。ここにいるケンゴ様が、世界樹の精霊ユラ様に導かれて、ここを訪れ、我々を救ってくださったのです！」

「「「うぉおおおおおおおおっ!!」」」

歓声が響く中、アレナが俺を手招きした。俺は呼ばれるがままに彼女の隣に立ち、エルフ達に向かって苦笑いを浮かべながら手を振った。

真下からの歓声がより一層強くなり、大地を揺らした。

アレナが演説を続ける。

「ケンゴ様は人間でありながら、盗賊に囚われた私達の同胞を助け、さらには里の窮状《きゅうじょう》を聞いてすぐに駆け付けてくださいました。そして、まるで神の御業《みわざ》と見紛《みまが》う力で、国に蔓延《まんえん》していた病をあっという間に治療してしまったのです。先日は私達の守り神であるユラ様まで癒《いや》してくださいました。この方を救世主と呼ばずになんと呼ぶのでしょうか！」

「「「うぉおおおおおおおっ！」」」

アレナが話を止める度に、歓声が響き渡る。

「私は、今回の恩を返すべく、以後ケンゴ様に対して、エルフの国が持ちうる全ての力を貸すことを決めました。異論がある者はいますか？」

「「「……」」」

アレナがそう言い放つと、辺りがシーンとなった。異を唱える者は一人もいなかった。

ここまで敬われると、いっそ清々《すがすが》しい。

「よろしい。それでは早速ですが、ケンゴ様には悠久《ゆうきゅう》の友の証として、アルブヘイム内に屋敷を建てて贈呈《ぞうてい》したいと思います。またこれからの百年間、森の特産物を無償で提供するつもりです。受け取ってくださいますか？」

「分かった。ありがたくいただこう」

寝耳に水の事態だったが、この大勢の前で女王の気持ちを無下《むげ》にするわけにもいくまい。

俺は二つ返事で頷く。

「「「うぉおおおおおおおっ！」」」

再び歓声が響き渡った。

そして侍女がアレナのもとにグラスを持ってやってくる。

アレナがそのグラスを手に取って、眼下のエルフ達を見渡した。

「今日は街中の飲食店に協力していただいて、どこでも好きなだけ食べられるように手配しました。せっかくの慶事《けいじ》です。このめでたい日を全員で祝いましょう。乾杯！」

アレナがグラスに注がれた酒を一気に飲み干した。

「「「わぁぁぁぁぁぁ！」」」

そして彼女の音頭を皮切りに、下のエルフ達が歓声を上げて街に繰り出していく。

すぐに街中からは、民族音楽らしき歌が聞こえ始めた。

独特なリズムと響きで、なんだか聞いているだけで気分が高揚《こうよう》する。

そんな様子を上からしばらく眺めていると、アレナが俺達に声をかけてくる。

「ささ、ケンゴ様とリンネちゃん、それにイナホちゃんはこっちで食べましょう」

彼女に誘導されるまま、俺達は塔の頂上に用意されたパーティ会場の席に座った。

そこには、各氏族の有力者も列席しており、料理もリーンの家で見かけなかったものがたくさん並んでいた。

いくつものテーブルが並び、そこに何人かで座って食事をする形式は、屋上という場所も相まって、なんだかビアガーデンのようだった。

そして並んでいる料理に目を向けると、その中に俺がよく知るスパイシーな香りのする料理を見つけた。

「ま、まさかこれは……」

俺が目を見開くと、アレナがその反応を見て話しかけてきた。

「あら、カッリを知ってるんですか？」

アレナがカッリと呼んだそれは、俺が元の世界で食べていたカレーに酷似《こくじ》していた。

「あ、ああ。俺の故郷にあった物と同じならな」

匂いと名前から判断するに、まず間違いなくカレーだと思う。色が緑だからグリーンカレーと呼んだ方が正確かもしれないが……

俺の答えを聞いて、アレナが手を叩いた。

「まぁ、それは珍しい。これはエルフの郷土料理《きょうどりょうり》なんですよ。家庭ごとに味が違いますが、工夫が凝《こ》らされていて、とても美味しいんですよ。王家でも秘伝のレシピが伝わっていて、今日お出ししているのはそのレシピで作ったものです。ぜひ食べて感想を聞かせてください」

まさかこんなところでカレーが食べられるとは……

バレッタに頼めば作ってもらえただろうが、今の今まですっかり忘れていた。

全員揃ったところで、アレナが再び音頭《おんど》をとってパーティが始まる。

「それでは改めまして、このめでたき日に。乾杯！」

「「かんぱーい！」」

俺達は料理とビールに口をつける。

「うっま！」

「久しぶりに食べたけど美味しいわね、カッリ」

『僕はこのお肉が気に入ったなぁ』

出されている料理はどれも美味しかった。

リンネはカッリを口いっぱいに頬張って満面の笑みだ。

その横で、イナホはローストビーフのような料理を山のように盛ってもらって、満足そうな顔をしていた。

その後も和気あいあいとした雰囲気で宴は続き、俺達はまたしても腹がはち切れんばかりに料理を堪能したのだった。

そして、宴もたけなわというところで、アレナが俺達のもとにやってきた。

「いかがでしたか？」

「あぁ、最高だったよ」

「それはよかった」

俺の言葉に、アレナは心の底から安心したような微笑みを浮かべた。

ふと思いついて、俺はアレナに尋ねる。

「あっ。カッリに使っている香辛料って譲ってもらえるか？」

これがあれば、自分でもスパイスからカレーを作って最高の配合を研究できそうだ。

アルゴノイアの倉庫にもスパイスはあると思うが、せっかくならこの世界で採れた香辛料を使ってみたい。

「気に入ったんですね。ええ、もちろんですよ。スパイスに限らず、今後百年間はエルフの国の特産物を無償で提供させていただくことになっておりますから」

先ほどエルフの皆に話していたあれか。

改めて聞かされて不安になったので、俺は確認のためにアレナに尋ねる。

「百年って……本当にそんなにいいのか？」

地球でも賞品として一年分プレゼントなんて話は聞いたことあるが、百年は桁《けた》が違いすぎる。

だが、アレナはあっけらかんとした表情で答えた。

「はい。構いませんよ。エルフにとっての百年は大したことありませんから」

聞いたところによると、エルフは最低でも二千年は生きるらしい。そう考えると、それほど長い年月ではないのだろう。

「……そうか。それならありがたくいただくよ」

「ぜひ活用してくださいね。香辛料の方は手配しておきますが、他に何か欲しい物はありますか？」

「そうだな。蜂蜜から作ったこの酒も、あったらもらいたいな」

ミードって言うんだったか、エルフの森で採れた蜂蜜はかなり質が高くて、それで作られた蜂蜜酒も絶品とのこと。譲ってもらえるなら、持ち帰りたい。

俺がアレナと会話していると、酔いつぶれたリンネがむにゃむにゃと寝言を言った。

「ケンゴ～」

『お腹いっぱい。ケプッ』

その足元ではイナホが横になってゲップをしている。

二人の様子を見たアレナは、俺に再び視線を向けて尋ねる。

「そろそろお休みになられますか？」

「ああ。そうするよ」

「分かりました。侍女に案内させますね。それから改めて、我が国を救っていただきありがとうございました」

「本当に気にしないでくれ。たまたま薬を持っていただけだから」

俺は深々と頭を下げるアレナに手をヒラヒラと振った。

そのままリンネを抱え、その上にイナホを乗せると、侍女の案内で客室へと戻るのだった。


客室でしばらく休んでいた俺だったが、ふと目が覚めた。

「ふぅ……まだ夜か」

窓の外はまだ暗く、それほど時間が経っていないらしい。

「あっけなかったなぁ……」

目が冴《さ》えてしまった俺は、バルコニーに出て手すりに頬杖をついた。

街を見下ろすと、下から酔っ払い達の喧噪《けんそう》や軽やかな歌声が聞こえてくる。

まだまだお祭り騒ぎは続いているようだ。

俺がなんとなく眠れずにいたのは、理由があった。

それは、エルフの問題があまりにもあっさり片付いてしまったからだ。

エルフも世界樹も元気になったのは喜ばしいが、こんなに簡単に解決できていいのか？

エルフ達はともかく、世界樹も回復薬だけで解決するとは思わなかったから、なんだか釈然《しゃくぜん》としない。

「どうしたの？」

俺が起きたのに気付いて、リンネが様子を見にやってきた。

「悪い。起こしたか？」

「ううん、気にしないで。それで、なんだか不安そうな顔をしているけど、何かあった？」

どうやら俺を心配して来てくれたみたいだ。

「いや、あまりに簡単に片付いたものだから、なんだかモヤモヤしてな。まだ何かあるんじゃないかって……」

「私を瀕死の状態から一瞬で回復させるような凄い薬を使ったんだから、あの結果は当然だと思うけど……それに、レグナータやチャリオンを造れるような高度な技術の効果だと思えば、そんなに不思議はないわ」

「それもそうか……リンネの言う通りだ。ちょっと考えすぎだったな」

リンネの言葉を聞いていたら、なんだか悩んでいたのがバカらしくなってきた。

「でしょ。ケンゴも働きっぱなしなんだし、ゆっくり休んだ方がいいわよ」

「あぁ」

リンネのおかげで頭がすっきりした俺は、そのまま彼女に背中を押されながら、客室へと戻るのだった。

第四話　一難去って……

――ドクンッ

血管のように張り巡らされた管の中でも一際太い場所で、生物が脈を打った。

「ギョギョギョギョギョギョッ」

その生物が不気味な鳴き声を上げながら、身体を動かした。

それはまるでミミズとクリオネを合せたような奇怪な存在。体内は透けていて、中にある細胞の核らしきものがいくつも見える。

その生物は、それまで静かに眠っていたのだが、寄生していた宿主の状態が変化したことを感じ取り、先ほど目を覚ましたのだった。

自分が吸い取って涸《か》らしたはずのエネルギーが、また戻りつつある。

その変化を理解して、謎の生物が身体を赤く発光させ始める。

すると、それまで満たされつつあったエネルギーが、その生物の方に吸い寄せられていった。

「グキョッグキョッグキョッ」

人間が水を飲む時に喉を鳴らすような音を立てて、生物の身体が肥大化していく。その動きは、まるで心臓の脈動のようだった。

そして生物が大きくなるのに反比例して、先ほどまでハリのあった管は乾燥して、ところどころに亀裂が入る。

「グギョォオオオオオオオオオオッ」

辺りの液体を全て吸い込んで巨大化した生物が、大きな叫び声を上げて管を登り始める。

その先にあるのは、夥《おびただ》しい数の卵が敷き詰められた広い空間。

――ゴポリ……

新たな脅威が、その場所で蠢《うごめ》いていた。

◆　◆　◆

「おはようございます、ケンゴ様」

宴の翌日。俺達はアレナから呼び出されていた。

今いるのは、王城内の謁見の間。

アレナに初めて会った時は、治療が優先だったから気にする余裕はなかったが、こういう場で対面すると、どう振る舞えばいいか分からない。

若干緊張気味の俺を見ていたリンネが、あっけらかんとした態度で言う。

「大丈夫よ、そんなの気にしなくても」

アレナがリンネの言葉を聞いて頷く。

「リンネちゃんの言う通りです。それに、我が国の救世主様を跪かせるなど、できるはずがありません。普段通り楽にしてください。皆も構いませんね？」

アレナが他に参列しているエルフ達の顔を見回して確認する。彼らが一様に首を縦に振った。

「そうか。それならお言葉に甘えさせてもらおう」

「ええ。そうしてください。それにしても、この状態でリンネちゃんと会うのは久しぶりね」

「そうね。元気になって本当に良かったわ」

二人が仲良く話し始めた。

「まぁ、でもリンネちゃんが殿方を連れてくるとは思いませんでした……まさか先を越されるとは」

アレナが俺の方をチラリと見てから言うと、リンネが顔を赤らめる。

「バ、バカ。そんなんじゃないわよ」

いつの間にか二人のガールズトークが始まってしまった。

俺も参列しているエルフ達も蚊帳《かや》の外で、リンネとアレナの空間ができてしまう。

「それじゃあ、私が取っちゃってもいいんですか？」

「だ、駄目に決まってるじゃない！　わ、私の彼氏なんだからね！」

アレナが意地悪そうな笑みで聞くと、リンネがその言葉を真に受けてしまったようで、大声を上げた。

リンネは根が素直だから、そういう冗談が通用しないんだよなぁ。

「まったく、素直じゃないんですから。最初からそう言えばいいんですよ」

アレナがからかうようにクスクス笑った。どうやら彼女もリンネの性格を知っているようだ。

「もう、知らないわ！」

リンネがそっぽを向いて話を終えたところで、部屋に並んでいたエルフの一人が咳払いした。

「コホンッ。陛下、そろそろ本題を」

「あら、私ったら、久しぶりの友人の来訪にはしゃいでしまいました。ここに来てもらった本来の目的は、褒美《ほうび》をお渡しするためです」

「何かもらうようなものってあったか？」

そう話を切り出すアレナに、俺は首を傾げた。

「無かったと思うけど」

リンネにも心当たりがないようだ。

アレナが困ったように笑って、説明してくれた。

広場での式典で聞いた褒美は三つ。この街に俺達のために屋敷を建ててくれるということ、何か困った際に力を貸してくれるということ、百年間無償でエルフの特産品をもらえること。

どれもこの場で受け渡しするものでもないだろう。

「以前の話だとそうだったのですが……改めて会議で話し合ったところ、あれだけでは不十分ではないかという結論になりました。そこで、お金とエルフの宝物庫にあるアイテムを何か一つ差し上げようと思います」

「別に、俺は特産物だけで十分なんだけど」

「そうはいきません。ケンゴ様にはそれほどの恩があるのですから！」

断固とした態度で言い切るアレナ。

本当にこれ以上欲しい物なんてないんだよな。

「それなら特産物の権利を二百年にしてもらうってのはどうだ？」

「リンネちゃんはまだしも、ケンゴ様は人間。二百年後は生きていないでしょう？」

俺の提案に、アレナが不満そうに答えた。

おそらく俺が褒美を受け取りたくないがために、適当に言ったと思っているのだろう。

だが、あながち間違ったことは言っていない。

なにせ俺には、アルゴノイアとバレッタがついている。

瀕死や重病を治す薬もあるし、『奈落』に転移して来た時は、元の年齢よりも若返らせてもらったこともある。少なくとも普通の人間よりは長生きするんじゃないか？

俺は試しにアレナに聞いてみる。

「そうとも限らないぞ。ちなみにアレナ、俺って何歳に見える？」

いきなりの質問に、アレナはジッと俺を観察してから答える。

「人間だとすると……二十歳くらいでしょうか？」

「こう見えてもう三十八だ」

「え、まさか！　リンネちゃんと同じで、私達のような長命種の血が混じっているとかですか？」

俺が正解を発表すると、案の定アレナが驚いた。

「いや、正真正銘《しょうしんしょうめい》人間だ。でも色々あって普通の人より若くなっていてな。多分普通の人に比べたら長生きできると思う」

それに、俺としては、魅力的なエルフの特産品を長くもらう方が、お金や宝物より嬉しい。

「うーん。ケンゴ様がそれでいいと言うなら、分かりました。そうしましょう」

「ありがとな」

こうして褒美の交渉が済んだところで、ドアを叩く音が室内に響き渡る。

——ドンドンドンッ
アレナが扉の近くにいた騎士の一人に命じる。

「通しなさい」

「はっ！」

扉が開くと、一人の兵士が勢いよく飛び込んできた。

「どうしたのですか？」

「はぁ……はぁ……はぁ……大変なんです。外を見てください！」

兵士の尋常ではない様子を見てアレナが尋ねると、その男は窓を指さして叫んだ。

兵士が示す方を見て、最初にアレナが絶句した。

「これは……なんということでしょう……」

窓の外では、世界樹が急速に枯れ始めていた。葉は色が褪《あ》せて散っており、幹の瑞々《みずみず》しさと力強さが失われていた。

「どうなってるの？」

「ありえない……」

部屋に中にいたほとんどの者が言葉を失う。

回復薬は確かに効いたはずだ。傷や病であれば、あの薬で解決している。

「もしかしたら世界樹の不調の原因は別にあるのかもしれない」

「何ですって？」

俺が独り言のように言うと、それを聞いたアレナが俺の方に向き直る。

「世界樹は、あの時確かに治ったはずだ。あんな風に枯れる原因はない。調査した方がいいな」

「そうですね……分かりました。すぐに向かいましょう」

アレナの言葉で、俺達は全員揃って世界樹の麓《ふもと》へ。

しかし、総力を挙げて調べたものの、何も分からなかった。

「うーん、やはり原因らしきものは見当たりませんね」

「どうなっているんだ？」

集まった皆の間に沈黙が流れる。

その時、淡い光が一カ所に集まるのが目に入った。

その光が人の形へと変わり、俺達の前に緑のロングヘアーの女性として顕現する。

「あれは!?」

「精霊様!?」

俺が夢の中で見たユラそのものだった。

エルフ達が、精霊が現れたことに驚いて騒がしくなる。

『よくぞ、私を回復させてくれましたね』

「いや、またこうやって弱っているんだ。回復は成功しなかったってことだろ?」

微笑むユラに、俺は不満を滲《にじ》ませて応える。

完全に治療できていたのなら俺も素直に喜べるが、今の状況ではそうもいかない。

『いえ、一時的ではありましたが、私は完全に回復していました』

「それじゃあ、なんでまたそんな姿になってしまったんだ?」

『それは……私が力を失った根本的な原因――寄生型モンスターがまだ残っているからです』

「なんだって!?」

予想していない解答に、俺は目を見開く。

確かにモンスターの仕業《しわざ》というなら、この回復薬をもってしても完治しないか……傷や病気とはまた違うのだから。

俺は一拍置いて、ユラに確認する。

「それって……寄生虫みたいなものか?」

『はい。人や動物の体内に寄生虫が棲みつくのは聞いたことがあると思いますが、それとほとんど同じです。私の体の中にも寄生虫によく似たモンスターが入り込んでしまったのです』

「つまり、そのモンスターをどうにかしない限り、ユラの体は完全には回復しないということか」

『その通りです……あぁ、顕現できるリミットが来てしまいました。それでは後は頼みましたよ』

「え、またかよ⁉」

俺が呼び止めるより先に、その場からユラが消えてしまった。

寄生型モンスターの対処方法を教えてほしかったのに……

ひとまず世界樹を苦しめている原因は分かったから、良しとするか。

だが、敵が木の内部にいるとなると、エクスターラのような高威力の兵器で倒すことは難しい。

そもそもモンスターを攻撃しようとしたら、世界樹の本体にもダメージを及ぼしかねない。

どうにかして、そのモンスターだけを殺すか追い出すかしなければ。

俺はアレナに尋ねた。

「ちょっと聞きたいんだが……木々の内部から、そこに棲息する虫だけを追い出すような薬の作り方は分かるか？」

彼女は、困惑した表情で首を横に振る。

「え？　えっと、分かりかねます」

それどころか、何を言っているんだろうと聞きたげな表情だ。

あれ、今俺と一緒にユラの話を聞いていたはずじゃ……

辺りを見れば、他の皆もアレナと同じように困惑していた。

俺が不思議に思っていると、アレナがおそるおそる聞いてきた。

「それよりも、もしかしてケンゴ様はユラ様の言葉が分かるのですか？」

「ん、ああ、理解できるぞ？　えっと……もしかしてアレナ達は分からないのか？」

質問に答えている間に、エルフ達の雰囲気が変だった理由を察する。

自分達が会話できないユラと意思疎通できた俺に、戸惑っていたのだろう。

アレナが残念そうに頷く。

「はい。歴史を遡《さかのぼ》ると、会話できた頃もあったそうなのですが、今のエルフは精霊様の言葉を聞き取ることができません」

「そうだったのか……じゃあ、ユラから聞いた話を共有しておかなきゃな」

そう切り出して、俺はユラから受けた説明をアレナ達にそのまま聞かせた。

俺が話し終えると、アレナは腑《ふ》に落《お》ちたという表情を見せた。

「そういうお話だったんですね。もしかしたら古代エルフの遺跡に行けば、何か手がかりが掴めるかもかもしれません」

「古代エルフの遺跡？」

聞き慣れない言葉に、俺は首を傾げる。

「はい。その遺跡には、精霊と対話できた時代の叡智《えいち》が眠っていると言われています。精霊とつながりが深かった時代の我々は、今よりも圧倒的に進んだ技術や魔法を持っていたそうですから。寄生型モンスターに関する文献があるかもしれません」

「そんなものがあったのか」

ただ、それらの技術や魔法が失われた理由、精霊の言葉を聞けなくなってしまったことなどについては、さっぱり分からないらしい。

俺がその辺りの事情を聞いた時には、アレナは神妙な顔つきで首を横に振っていた。

どこかでこれらの話の継承が途絶えてしまったのかもしれない。

まぁ、遺跡についての情報が得られれば問題ないか。

俺はそう思って、アレナに確認する。

「それはどこにあるんだ？」

「分かりません……」

「え!?」

俺は驚いて、アレナの顔を思わず凝視《ぎょうし》してしまった。

てっきり彼女が知っていると思っていただけに、この回答は予想していなかった。

「大まかな位置なら伝承に残っているので教えられます。ただ、正確な場所はいまだ見つけられていないんです」

「マジかよ……」

まさかこの時間がない中で、遺跡を探すところから始めなければならないとは思わなかった。

これは大急ぎで取りかからないと、世界樹の命が危ないぞ？

「仕方ないな。それなら、その伝承にある場所だけ教えてくれ。後はこっちで探す」

「分かりました……こほっ」

俺に返事すると同時に、アレナが咳き込んでふらついた。

「お、おい！　大丈夫か⁉」

「アレナ！　どうしたの⁉」

俺は慌てて、アレナが倒れないように背中を腕で支えた。

「なんだか急に体中の力が抜けてしまって……」

アレナが急に憔悴《しょうすい》した様子になる。

必死に立とうとしているが、力が入らないみたいだ。

さらには彼女に続いて、他のエルフもその場にへたり込んだ。

「……これはどうなってるんだ？」

状況が呑み込めずに俺が呟くと、リンネが仮説を語る。

「確証はないけど、世界樹が弱ってから、アレナ達が再びこうなったということは……もしかしたら、世界樹とエルフの間には、何か特別なつながりがあるのかもしれないわね」

「その可能性はあるな」

この状況を見ると、リンネが言っていることもあながち間違いではないだろう。

最初にエルフ達に病が蔓延していた時も世界樹が弱っていたわけだし。

今回も世界樹の状態と関係しているのかもしれない。

「まずはエルフ達をどうにかしないとな。動ける人に手伝ってもらって、ベッドに運ぼう」

「そうね。手分けしましょ」

国全体で同じ事態になっているとしたら、厄介だな。

俺とリンネはまだ倒れていない人達の協力を仰《あお》ぎつつ、アルブヘイム内で倒れているエルフ達の移動を始めた。

それからしばらくして、なんとか事態の収拾に成功する。

だが、外の里までは見回る余裕がないため、その対応は動ける元気のあるエルフをフェアリーゲートに派遣《はけん》して託すことにした。

「とりあえず半分以上の人がまだ動ける状態で助かったな」

「私達だけだったらかなり大変だったわ」

俺とリンネは互いにそう言って、アレナ達の様子を見るために城へ走った。

城のエルフに案内されて奥の部屋へ行くと、アレナがベッドで横たわっていた。

「調子はどんな感じだ？」

アレナが首だけをこちらに向けて答える。

「動けるまでの体力はありませんが、以前の病ほどきつくはありません。お話していた古代エルフの遺跡の場所に関しては、机の上に地図を置いておいたのでご覧ください。おおまかな位置がそちらに書いてあります」

アレナの様子を見る限りまだ元気そうだが、いつ容態が急変してもおかしくない。

すぐにでも遺跡を見つけた方がいいだろう。

「ありがとう。すぐに手がかりを見つけるから、それまで堪《こら》えてくれよ。回復薬はここに多めに置いておくから、体調が悪化しそうならそれを飲んでくれ。多少は病状の進行を抑えられるはずだ」

「お気遣いありがとうございます。どうかよろしくお願いします」

「こっちは任せてくれ。お大事にな」

ベッドの上で深々と頭を下げたアレナに手をひらひらと振って、俺は部屋を後にした。

城から外に出ると、兵士の一人が血相を変えて俺達の方に駆け寄ってきた。

「救世主様ー！」

「どうした？」

「世界樹様の幹から得体のしれないモンスターが現れて、徐々にこの街に迫《せま》っています！」

「なんだと!?」

兵士の言葉を聞いた俺は、思わず耳を疑った。

ただでさえ世界樹やエルフの問題で、一刻も早く遺跡に向かわなきゃいけないという状況なのに
……さらにモンスター退治なんて、手が回らない。

どうしたらいいんだ……

「ここは私に任せなさい」

頭を悩ませている俺の横で、リンネが力強く言った。

「大丈夫なのか？」

「私を誰だと思っているの？　これでも最高ランクの冒険者なんだからね！　どの程度の強さのモンスターか知らないけど、並大抵の相手に負けるほどヤワじゃないわ」

「ははははっ。そういえばそうだった。それじゃあ、街のモンスターのことは任せてもいいか」

「忘れてたの？　言われるまでもないわ！　ケンゴは頑張って治療方法を見つけてきてちょうだい」

彼女は頼もしい返事とともに胸をポンと叩く。

「分かった。よろしくな」

俺はそう言い残すと同時に、去り際に不意打ちで軽く口づけをした。

「な、何すんのよ！」

「ははははっ。また後で！」

リンネの慌てふためく可愛い姿に癒しをもらって、俺はアルブヘイムを後にした。

ここから先は、それぞれが自分の役割を果たそう。


アレナからもらった地図を見ながら、森の中を駆け回ること一時間。

「地図によると、この辺りのはずなんだが……」

俺は、伝承で遺跡があると言われているエリアに到着した。

だが、遺跡のような建造物はどこにも見当たらない。

『ケンゴ様、百メートル前方に結界の反応を確認しました。もしかしたら遺跡に関係あるものかと思います』

「結界？」

突然、バレッタからの通信があった。

もう慣れてきたので驚くこともなく、俺は彼女が教えてくれたところに近付く。

だが、結界らしきものに触れた感覚はなかった。

さらにそのまま進んでみるうちに、自分がずっと同じ場所を歩いていることに気付く。

俺はバレッタに確認した。

「何もないぞ？」

『どうやら人の認識を誤魔化す結界のようですね。ケンゴ様は見えない結界に触れた後、そのまま無意識的に、結界の外周をグルグルと歩かされています』

「早く言ってくれよ……」

『ケンゴ様が歩いたことで判明したのです……今から結界の効果を消しますのでお待ちください』

そんなサポートまでできるとは、流石バレッタだ。

『無効化が完了しました。これで、結界があったところの内部に入れるようになります』

俺はバレッタの言葉を聞いて拍手した。

『この程度、造作《ぞうさ》もありません』

彼女が謙遜《けんそん》する。

「それじゃあ、先に進むか」

結界があった付近に足を踏み入れると、そこには急に先ほどまでなかった景色が現われる。

「おぉ～」

何の変哲もなかったはずの森が、一段と高いたくさんの巨木ばかりの空間になった。

辺りは霧《きり》が立ち込めていて、どこか幻想的だ。

そのまま歩いていくうちに少しずつ霧が晴れて、視線の先にお目当ての建物らしきものを見つけた。

「もしかしてあれが遺跡か？」

石が積み上げられてできた建造物に、巨大な木の根が絡まっている。こういう遺跡は元の世界のゲームやアニメで見たことはあるが、現実でお目にかかったのは初めてだ。

遺跡に近付くと、石造りの扉が目に入る。扉には不思議な模様が描かれていた。

扉の両脇では、火種があるわけでもないのに青い炎が松明《たいまつ》のように燃え盛っている。

魔道具の類《たぐい》があるわけではなさそうだが、どういう原理なのだろうか。

「ふんっ」

とりあえず俺は扉を押すが、どれだけ力を込めてもビクともしない。

『奈落』から脱出する前にバレッタから魔導ナノマシンを入れられて、俺の肉体は強化されている。さらにはリンネの厳しい修業も受けたことがあるから、力はかなり強くなったはず。この程度の扉なら開けられると思ったのだが……

『中に入るためには、鍵が必要なようですね』

俺が考え込んでいると、バレッタがそう教えてくれる。

「鍵……か」

確かに、こういう特別な遺跡に入る場合、特殊なアイテムが必要になるのは、俺がやっていたゲームでもよくある話だった。

だが、そういう時はだいたい、そのアイテムに関する説明があるはずだ。

この遺跡にも、入るためのヒントがどこかに書いていないだろうかと、俺は周囲を散策した。

少しの間歩き、木の根っこに埋もれていた石板のようなものを見つける。

「お、これは……」

何やら見たことがない文字列で書かれているが、そこは俺の『言語理解』の出番だ。

その文字を見ていると、徐々に脳内で日本語へ変換されて、俺でも読めるようになった。

「なになに？　叡智を求める者よ。精霊とともに参らんことを……だって？」

精霊と一緒に来れば入れるってことだろうが……精霊なんてユラ以外に会ったことない。

どこにいるんだ？

思いもよらない難題に、俺が悩んでいると――

『主ぃ、精霊を探してるの？』

それまで肩に乗ってうとうとしていたイナホが俺に話しかけてきた。

「ん、ああ、そうだ」

『僕が探そうか？　ユラみたいな存在でいいんだよね？』

「本当か!?　……って、そんなことができるのか？」

『任せて！』

まさかこんな思いがけない形で、解決の糸口が見つかるとは思わなかった。

自慢げに胸を張った後、イナホが俺の肩から降りて歩き出した。

俺はその後を追った。

しかし、精霊というのは簡単に見つかるものではないらしい。

イナホが鼻をクンクンさせながら歩いているが、なかなかそれらしい反応がない。

もしかしてこの辺りにはいないのだろうか……

刻一刻と時間が過ぎていく。

リンネに任せた街の様子が気になって、俺の心に焦りが生まれ始めたあたりで、イナホが振り向いた。

『あっ！　こっちから精霊の匂いが強くなってるよ』

そして、匂いがするという方へイナホが向かっていった。

俺も急いでその後を追う。

『あそこだよ』

いきなり立ち止まって、再び俺に振り向くイナホ。

鬱蒼とした草木をかき分けて辿り着いたそこは、不自然に開けた空間だ。

「いた！」

俺は目の前の存在を見て、思わず指さしてしまった。

そこには、淡い光を帯びてフワフワと浮かびながら眠る小さな女の子。

見た目は三歳くらいで、手足が短くてプニプニしていそうだ。色素が薄い緑色のボブカットは、先端がクルッとしている。どことなく世界樹の精霊と似た服装で、薄緑のワンピースを着ていた。

俺の声で女の子が目を覚ました。

『んあ？』

そして、俺と女の子の視線がぶつかり合う。

特に警戒する様子もなく、その女の子が浮かんだままこちらに近づいてきた。

『ん～？　見えてぇる？』

彼女は眠そうな目を擦りながら、俺に尋ねた。

「ああ。見えてるよ」

『ふぉ～、しゅごい！　ことばもわかるんだ！』

俺の答えに驚いたのか、女の子は眠気が吹き飛んだように目を見開いた。そして俺の周りを飛び回ってはしゃぐ。

俺はその少女に念のため確認する。

「君は精霊……でいいんだよな？」

『うん！』

俺の目の前で止まって、少女が元気に頷き、心底嬉しそうにニカッと笑う。

『はなせるしと、ひさしぶり～』

〝人〟と言いたいだろうが、舌っ足らずな発音だ。実際はどれくらい生きているか分からないが、見た目の幼い印象も相まって、可愛らしいな。

アレナから精霊と話せるエルフはすっかりいなくなったと聞いていたし、同類以外で会話できる相手はなかなかいなかったんだろうな。

「そうなんだな。よかったらこれあげるよ」

俺はエイダス内の倉庫から飴《あめ》を取り出して、精霊の前に差し出す。

『ほんとに!?　たべるたべる～！』

彼女は俺の手から飴玉をむんずと掴んで、口の中に放り込んだ。

『おいしー！』

飴の美味しさにテンションが上がったのか、精霊が頭上を飛び回り始めた。

「気に入ってもらえてよかった。俺はケンゴ。君の名前は？」

先に名乗ってから、俺は精霊に名前を尋ねる。

『なまえはないよ～』

彼女は動きを止めて、しょんぼりした様子で答えた。

もしかして、可哀想なことを聞いちゃったかな。

「変なこと聞いてごめんな。お詫《わ》びにもっと飴あげるから許してくれ」

『だいじょぶ』

俺が謝りながら飴を小袋ごと手渡すと、女の子が顔を綻《ほころ》ばせた。

ほっ……ひとまず少し仲良くなれたかな。

俺はそう認識して、本題を話し始める。

「それで、君にちょっとお願いがあるんだが……」

『うん、いいよ』

俺が詳細を話す前に、精霊が首を縦に振った。

「まだ内容を言ってないぞ？」

どう説明しようか悩んでいただけに、俺は拍子抜けしてしまう。

『ケンゴからいやなかんじしないし、だいじょぶ！』

確か検問所にいた時に、妖精は悪意がある相手を敏感に読み取れると言っていたが、精霊もおそらく同様の性質があるのだろう。

「そっか。一応説明しておくと、頼みごとっていうのは、森にある遺跡まで一緒についてきてほしいってものなんだが」

『わかった〜』

女の子がそう言って、俺の頭の後ろにしがみつくように乗った。

『よろしくね〜』

いつの間にか肩に戻っていたイナホが精霊に挨拶していた。

『うん、よろしく〜』

頭上で可愛らしいやり取りが繰り広げられて、俺は少し癒される。

二人の頭を撫でてから、俺は再び遺跡へと向かうのだった。

◆　◆　◆

馬車を預けた後、俺――勇気《ゆうき》は、仲間とともに辺りを見回した。

ようやく着いたゴエーチは雑然とした雰囲気で、初めて異世界の街にやってきた俺達にとっては物珍しい。

「賑わってるなぁ」

「国境が近いから、交易が盛んなんだろうね」

道端に並ぶ多くの屋台とそこにいた人々を見ながら、健次郎の感想に俺はそう答えた。

「ちょっと東南アジアみたいな雰囲気があるわね」

「確かにエキゾチックだね」

聖と真美も楽しそうに話している。

南の方に来たせいか、気温は王都より暑かった。

道行く人々の服装は、東南アジアの民族衣装に近いデザインだった。

のんびり街を眺めていると、案内役のマリオーネさんが俺達を現実に引き戻す。

「それでは作戦本部のある冒険者ギルドに向かいましょう」

「分かりました」

ここに来た目的は観光じゃない。

近くで大量発生したモンスターを討伐するためだ。

もし楽しむとしても討伐作戦が終わった後だと、俺は気を引き締めてマリオーネさんについていく。

「あぁ〜、ずっと質素な料理かカピカピの保存食ばっかりだったから、何か美味しいもの食べたいなぁ」

「あぁ〜、それな」

真美と健次郎が不満を漏らした。

喧嘩《けんか》している様子をよく見かけるが、この二人は意外に気が合っている。

聖がそんな二人を宥めた。

「二人の気持ちも分かるけど、今は依頼が先よ。いつここで暮らす人達が襲われるか分からないわ」

「へいへい」

「分かってるって」

健次郎と真美がそれぞれ聖に応える。

そのまましばらく歩くと、マリオーネさんが足を止めた。

「ここが冒険者ギルドです」

ウエスタンスタイルのスイングドアを開けて中に入ると、すでに話が通っていたようで、俺達はそのままギルドマスターがいる部屋まで通された。

「お前達が討伐依頼に協力してくれる勇者達か」

ギルドマスターは俺達に会うなり、顎を手で擦りながら、品定めするようにじっと見てきた。

「はい、そうです」

「見たところ実力は申し分なさそうだな。明後日から大規模な討伐作戦を行うつもりだから、さっそくその先発隊に入ってもらうとしよう」

ギルドマスターの眼鏡《めがね》に適ったようで、俺達は作戦への参加を認められた。

「ちなみに、今回討伐するモンスターはなんですか？」

マリオーネさんからまだ詳細を聞いてなかったと思い、俺はギルドマスターに尋ねる。

「なんだ。聞いてなかったのか？　ゴブリンだよ。ゴブリン」

「ゴブリンですか……」

ゴブリンと言えば、王都のダンジョンで何度も倒したし、俺達の中では雑魚《ざこ》モンスターという認識が強い。それに加えて、イカイラーさんとの修業を経て、俺達は強くなった。

これならいくら数がいても負ける気はしない。

だが、そんな俺の心を見透かしたように、ギルドマスターが釘を刺す。

「おう。もしかしたらゴブリンを舐めてるかもしれねぇが、あいつらは群れが大きくなればなるほど厄介になる。メイジやアーチャーやアサシンとかのジョブが名前についた亜種や、ゴブリンジェネラルやゴブリンキングなんていう上位種も出てくるからな。くれぐれも気を抜かないことだ」

「分かりました」

確かに、まだこの世界に来て数カ月しか経っていないのに、ちょっと天狗《てんぐ》になっていたな。

俺はギルドマスターの言葉を心に留めて、しっかり頷いた。

「それじゃあ、作戦を説明するぞ」

それから俺達は、ギルドマスターから作戦内容を教えてもらって、冒険者ギルドを後にした。

ゴブリン討伐まで少し時間が空くことを知った俺達は、そのタイミングでゴエーチの街で食べ歩きをしたり、観光したりして英気を養うことにした。

久しぶりにまともな食事ができたし、宿のベッドでしっかり睡眠もとれた。

二日後に迫る討伐作戦までの束《つか》の間《ま》の休息を、俺達は楽しんだのだった。


そして作戦決行の日。

時間は真夜中だが、ゴブリンが潜む遺跡の近くに数百人に及ぶ冒険者達が集まっていた。

この作戦のリーダーが改めて流れを説明する。

「まずは斥候《せっこう》部隊が見張りを潰す。次に先発隊が奇襲をかけて、群れのボスを倒す。頭がいなくなれば統率《とうそつ》もとれなくなるだろうから、あとは後発隊が侵入して雑魚達を一掃する。準備はいいな？」

リーダーの言葉に、全員が首を縦に振る。

「よし、斥候部隊、出撃」

リーダーの合図に従って、斥候部隊が遺跡の方へ走り出した。

二時間ほど経って、部隊の一人が帰ってくる。

「目標を倒しました！」

報告を受けたリーダーが次の指示を出す。

「了解。お次は先発隊だな。斥候部隊と合流してから、遺跡内に侵入してくれ」

いよいよ俺達の出番か。他の先発隊のメンバーがぞろぞろと動き出し、俺達もそれに続く。

「へへへ。腕がなるな」

「私の魔法で皆殺しだよ」

健次郎と真美はやる気十分だ。それどころか、若干血気盛んかもしれない。

「ふぅ〜。誰も死なせないわ」

聖も覚悟を決めた表情をしていた。

俺も負けていられないな。

斥候部隊の冒険者に先導されて、俺達を含めた先発隊が遺跡まで辿り着いた。

遺跡という名称から想像したものと違って、どちらかというと地下に造られた迷宮に近い。

先発隊の冒険者達が次々と内部に侵入していく。

内部で敵の動きを監視していた斥候部隊と合流すると、各パーティに案内役としてその人達を一人ずつ加えてグループを作った。

「それじゃあ、見回りをしている奴らを倒しながら、奥を目指してできるだけ静かに進んでくれ」

「「「了解」」」

そして、俺達は何チームかに分かれて遺跡を進んでいった。

だが、内部は入り組んでいて、分かれ道が多いため、誰も確認していないルートが生じないように、グループを分散していく。

最終的に俺達と、一緒にいた斥候だけが残り、広場の手前の通路までやってきた。

「この先の広場が、ゴブリンが集まっている場所だ。あの一番奥に見えるのがゴブリンジェネラルだな。最初に奇襲で魔法を一発放って、その後は混乱に乗じて敵を速やかに制圧してくれ」

「「「「了解」」」」

斥候の指示に、俺達高校生勇者組とマリオーネさんが揃って応える。

中の様子を窺うと、斥候が言う通り、数百匹ものゴブリンとホブゴブリンがいた。そしてその中には、鍛《きた》え上《あ》げられた肉体を持ち、甲冑《かっちゅう》を身に着けたゴブリンもいる。

「サイレンス！」

真美がゴブリン達に杖を向けて、魔法を放った。

これは、指定した範囲内の音を外に漏らさない魔法だ。

攻撃の音もダメージを受けたゴブリンの悲鳴も、これがあれば他のゴブリン達に聞かれずに済む。

あとは迅速《じんそく》に敵の数を減らしていこう。

サイレンスを発動し終えたところで、真美が別の魔法を発動しようと、再び杖を構える。

「真美、火は駄目だからね？」

「分かってるって。カッタートルネード！」

聖の注意に頷いた後、真美が杖を突き出すと、広場の中に緑の光を帯びた竜巻が現れた。

その竜巻から三日月状の刃が何発も放射される。

『グギャアアアアアアアッ！』

その刃が当たったゴブリン達が、次々に真っ二つになった。

竜巻に巻き込まれたゴブリンも、同様に切り刻まれていく。

その間に悲鳴を上げたり、仲間を呼ぼうとしたりするゴブリンもいたが、サイレンスのおかげで外に漏れる心配はない。

その様子を見て、健次郎が残念そうな表情をした。

「うわぁ……俺達の出番なくないか？」

「誰も怪我しないなら、それが一番いいわ」

健次郎はここ数日の様子を見ていると、こっちに来てから血の気が多くなっている感じがするな。

逆に聖は、あっさり片付きそうな様子を見て安堵していた。

「ふぅ。これで大体倒したかな」

「よし、全部仕留めろ」

真美が魔法を止めて一息ついたのを見た斥候が、俺達に指示を出す。

盾役である健次郎と斥候部隊の人が先頭を走り、その後ろに俺とマリオーネさん、最後尾に聖と真美というフォーメーションで広場になだれ込む。

数百匹いたゴブリンの群れは、もう残り数十匹まで戦力を減らしていた。

ゴブリンジェネラルもかなり弱っていて、敵集団はほとんど壊滅していると言っていい。

「ターゲットフォース！」

健次郎が発動した聖騎士の魔法によって、敵の注意が強制的に彼に向くようになった。

斥候は、逃げる敵を広場の外に出さないように攻撃していく。

俺は動きが止まったゴブリン達にとどめを刺す。

三人の連携で、ゴブリン達の殲滅《せんめつ》が完了した。

マリオーネさんには、後衛職である真美と聖の護衛を任せていた。

それぞれが戦いを終えて集まると、聖が全員を労《ねぎら》いながら浄化魔法《じょうかまほう》をかける。

「お疲れ様。ピュリフィケイション」

返り血に濡《ぬ》れた身体が一瞬で綺麗になった。

本来は解毒《げどく》や解呪《かいじゅ》に使われる魔法だが、その副次《ふくじ》効果で、汚れも綺麗にしてくれる。

「いやぁ……この程度か。歯ごたえがないな」

「ふふん、私がほとんど倒しちゃったからね」

がっかりして肩を落とす健次郎と、得意げな顔で自慢する真美。

気を抜きかけた二人を、斥候が注意する。

「まだ奥に上位種の群れがいるかもしれない。油断するな」

それから俺達は、広場の奥へさらに進んでいく。

途中から、ゴブリンファイターやゴブリンメイジなどの亜種が多くなったが、先ほどまで倒したゴブリンと手ごたえは変わらず、俺達には違いがあまり分からなかった。

気付けば、俺達は最奥の部屋の前まで辿り着いていた。

斥候が俺達に向けて説明する。

「地図によれば、あの部屋がこの古代遺跡の最奥の部屋だ。この群れの規模から察するに、恐らくゴブリンキングがいるだろう。さっきまでの戦いぶりを見た限り、お前達なら問題なさそうだが、ゴブリンキングはCランクのモンスター。用心しておけ」

Cランクと聞いて、俺は息を呑んだ。

これまで、そのランクとの戦闘は未経験だ。

俺達は、斥候の言葉に深く頷く。

そして再び、真美のサイレンスとカッタートルネードの組み合わせで奇襲を仕掛ける。

広場の時とは違い、ゴブリンジェネラルなどの上位種が多かったため、半分以上はその奇襲を耐えていた。

だが、俺達がそこに加わると、ゴブリンキングもろとも、いっさい苦戦することなく倒しきるのだった。

ゴブリンキングを倒した俺は、斥候を振り返って確認した。

「これで終わりですか？」

「そうだな。先発隊の役割はここまで。あとは後発の部隊が残党を虱潰《しらみつぶ》しに倒していけば、終わりだな。もし隠し部屋などがあれば、一応確認しておきたいが」

「それじゃあ、隠し部屋の方はこちらで探索してみます」

ゴブリンというのは、一匹でも逃せば再びよそで大規模な群れを作って人々に被害を出すモンスターだと言われている。それを避けるため、隠し部屋や逃げ道も隅々まで探索して、一匹たりとも逃さないように、圧倒的多数で殲滅する。

それがゴブリンの巣討伐のセオリーだと聞いたことがある。

なるべく早く確認した方がいいだろう。

「分かった。俺はボスを倒したことをリーダーに報告してくるから、探索は任せた。とはいえ、遺跡は何が起きるか予想できない場所だから、気を付けろよ」

「了解です」

そして、俺達は斥候と別れて隠し部屋探しを開始した。

来た道を戻っていると、途中で健次郎が声を上げた。

「おっ。これなんだ?」

そのまま健次郎が指で示したのは、壁の一部にあった小さな長方形に切れ目が入っている場所。

俺達が何かを言う前に、健次郎は躊躇《ちゅうちょ》することなくそこを押した。

——ガコンッ。ゴゴゴゴゴッ

何かがはまった音が鳴った後、壁の一部が持ち上がって上に開いた。

俺は壁のことを気にするより先に、健次郎の肩を小突く。

「おい、バカ。罠だったらどうするんだよ」

「ははは、つい気になってな。わりいわりい」

「次から気を付けてくれ」

「分かってるって」

俺が注意すると、健次郎は苦笑いを浮かべて頭を掻いた。

まぁ、いつまでも言っていても仕方ないか。

それより、これ……

「隠し通路……だよな？」

俺は動揺して、後ろにいた皆に尋ねた。

全員が頷いたのを見て、俺は皆を先導して中に入る。

モンスターの気配は特にしなかった。

「あっ、宝箱！」

通路の先の部屋で、真美が目敏《めざと》く見つけて指をさした。

後ろから健次郎が興味津々な様子で呟く。

「何が入っているんだろうな」

ゲームだと隠し部屋にあるアイテムは、他で見つけるものより特別なことが多い。

真美が顎で指し示して健次郎に促す。

「開けてみてよ」

「任せろ。アイアンガード」

健次郎の聖騎士スキルなら、万が一この宝箱が罠でも、高い防御力で防げる。

迎撃は、魔法を使える真美に任せればいいし、罠の種類が毒や呪いなら、聖の聖女スキルで治癒できる。

万全な態勢だと俺が思っていたところで、健次郎が蓋を開けた。

しかし、この宝箱は俺達が予想したいずれでもなかった。

「え？」

宝箱が空いた瞬間、床に大きくて複雑な文様の魔法陣が現れた。

健次郎の後ろにいた真美が、不思議そうに声を上げる。

「なんだこれ、ヤバいぞ。ここから逃げるんだ！」

異変を察して、俺が脱出を促す。

「無理だよ、間に合わない！」

だが、部屋一面に広がる魔法陣はすでに光り出していて、入り口まで戻る余裕がない。

真美が今にも泣きそうな声で言った。

最低限、何が起こってもいいように皆で一カ所に固まった方がいいかもしれない。

「仕方ない！　皆一つに固まろう！　マリオーネさんも早く！」

俺が新たな指示を出すと同時に、魔法陣が一際強い光を放った。

見覚えがある光だ。まるで、俺達が地球からこの世界に召喚される時に浴びたような……

そして次の瞬間、俺達は見知らぬ場所に立っていた。

先ほどまでゴブリンが巣くう古代遺跡の内部だったはずが、俺達が目を開けた時には、草木が生い茂る森の中にいた。

「これって、転移した……ってこと？」

「その可能性が高そうね」

辺りの様子を窺いながら真美が疑問を呟くと、聖がそれに答えた。

転移したこの地の情報がない以上、何が起きるか分からない。転移のことを考えるより、まずはこの場を切り抜けなければ。

俺はそう思って、皆に指示を出した。

「とにかく警戒しながら進もう。健次郎、先頭は頼んだ」

「「了解！」」

健次郎達の返事に続いて、マリオーネさんも頷く。

そして真美が目を閉じて、魔法を唱えた。

「サーチ」

サーチは辺りの生物の気配を探知する魔法だ。敵の有無と、大まかな種類が分かる。

真美の魔力が周囲に広がっていった。

「近くには動物はいるけど、モンスターはいないみたい」

真美が目を開いて、結果を伝えてくれる。

「よし、分かった。あっちは道も明るくて歩きやすそうだ。行ってみよう」

「お待ちください。探知の魔法に引っかからない、『隠密』や『気配隠し』といったスキルを持っているモンスターも中にはいますので、警戒は緩めないように」

サーチでは、索敵に不十分ということか。

マリオーネさんに注意されたことを意識して、その後も俺達は森を進んだ。

目の前に光が見えたので、そこへ向かうと、ようやく森から出られた。

だが前方に広がるのは、茶褐色の景色。近くに街や人が見当たらない荒野だった。

「まさかここは……黄昏《たそがれ》の荒野《こうや》？」

目の前の荒野を見たマリオーネさんが呟いた。

「この場所を知っているんですか？」

俺の質問に、マリオーネさんが答える。

「私の知識が正しいのなら、ここは魔族の国にある黄昏の荒野と呼ばれる場所だと思います」

「魔族ですか⁉」

マリオーネさんの言葉を聞いた俺達は目を剥《む》いた。

魔族と言えば、人と敵対している種族。彼女の予想が正しいのなら、俺達は敵地のど真ん中にいるわけか。

「はい。あくまで人伝《ひとづて》に聞いた話ですが……ただ、その時聞いた限りで、荒野ではBランク以上のモンスターが日常的に徘徊《はいかい》しているそうです」

聖がマリオーネさんの言葉を聞いて、ショックを受けていた。

そんな危険な場所に、俺達はいきなり飛ばされたのか。なんとも運が悪い。

遺跡でのゴブリンキングとの戦いで、Cランクなら普通に戦えることは分かった。

王城で指導してくれたイカイラーさんはBランクまで相手取れるとのことだったので、彼に勝った俺達なら、同じくBランクまで倒せるかもしれない。

だが、それより上となると、果たして戦えるのか……危険度はCランクまでとは比べ物にならないと言うし。

それに、一匹ならまだしも、群れに襲われてしまったら、今の俺達ではひとたまりもないかもしれない。

「だとすると、今この荒野を進むのは危険だな。使えるものも何もなさそうだし、ひとまず森に戻って、水を確保しよう。もしかしたら食料もあるかもしれない。それだけあれば、とりあえず生きることはできる」

「確かに。そうと決まれば、早めにここから離れましょう。見通しのいい場所にいて、敵に見つかると危険だわ」

「俺も賛成だ」

「私も」

「それがいいと思います」

健次郎、真美、マリオーネさんの同意を得ると、俺達は森に引き返した。

それから数時間くらい歩きまわり、俺達は運よく拠点になりそうな洞穴《ほらあな》を見つけることができた。

ここなら防衛もしやすいし、水源になる川も近い。

川にモンスターはいたものの、そいつらはすんなり撃退できた。Dランク程度だったので、俺達を脅《おびや》かすこともないだろう。

一応食料も確保できた。

川で捕まえた魚型のモンスターではあるが、その肉は味気ないものの食べられないほどではない。

それからすっかり疲れ果てた俺達は、腹ごしらえを終えてすぐに、洞穴で体を休めた。


次の日、俺達は洞穴でこれからの予定を話し合っていた。

「ここじゃ救助も期待できないし、いずれは出なきゃいけない。準備が整ったら、一度荒野に行ってみようと思う。荒野のモンスターとどれくらい戦えるかで、今後の動きも変わるだろうし」

「そうだね。私もBランクのモンスターの強さは知っておいた方がいいと思う」

「俺も戦ってみてぇな」

真美と健次郎が、俺の提案に頷いた。

「私は戦いたくはないけど、皆に怪我して欲しくないからついていくわ」

聖も賛同してくれた。

荒野の様子を見るという話で俺達の意見がまとまった時、マリオーネさんが口を開く。

「私は皆さんが戻って来た時のために、この拠点の留守番をしようと思います」

「たった一人でモンスターは大丈夫ですか?」

俺としては、彼女一人をここに残していくのは心配だった。

黄昏の荒野の隣にある森なら、こっちでもBランク以上のモンスターが出てきてもおかしくない。

マリオーネさんは淡々と答える。

「これでもBランクのモンスターであれば単独で討伐した経験があります。よほどのことがなければ、倒せずとも自分の身を守るくらいは問題ないかと」

俺の予想以上にマリオーネさんは強かった。俺達が修業中の頃は、手合わせしてくれた相手の中にはいなかったが、もしかしたら騎士の中でも上位に入る実力なのかもしれない。

それだけ強いなら、大丈夫そうだ。

そこで、俺とマリオーネさんの会話を聞いていた健次郎が口を挟んだ。

「へぇ。マリオーネさんって強いのか。今度俺と手合わせしてくれ」

「お戻りになった際にはそうしましょう」

「へへへっ。荒野から戻ってきてからの楽しみもできたぜ」

約束を取り付けてテンションが上がったのか、健次郎は両拳《りょうこぶし》を胸の前でぶつけ合わせていた。

どんどん脳筋《のうきん》になっていっている気がするし、一応釘を刺しておくか。

「まずは荒野な。何が起こるか分からないから、気を抜くなよ」

「はいはい、分かってるって」

俺の注意に、健次郎が手をヒラヒラさせながら返事をする。

本当に分かっているのか不安だ。

俺は再びマリオーネさんに向き直った。

「それじゃあ、留守の間、この拠点のことは任せました」

「はい。勇者様方もお気をつけて」

俺達は洞穴から出ると、黄昏の荒野に向かった。


真美のサーチを頼りに荒野を突き進んだ俺達だったが、こういう時に限ってモンスターが見当たらない。

荒野を歩き回ってそろそろ一時間が経過しようとしていた。

「危険地帯って言うから、モンスターがゴロゴロいると思ったのによぉ」

頭の後ろで腕を組みながら、健次郎が不満そうな顔で愚痴《ぐち》をこぼした。

「そういうこと言わないでよ。ホントに出てくるから」

彼の言葉を聖がうんざりしたような表情で咎める。

だが、まるで健次郎の望みを叶えるかのように、進行方向から地鳴りとともに土煙がこちらに向かってきた。

――ドドドドドドドドッ
「だから、言ったじゃない……」

「待ってました！」

聖は頭を押さえながら冷ややかな目で健次郎を睨みつけるが、当の本人は全く意に介していない。

土煙の先頭にいた者が何かが徐々に分かる。

それは、馬車のような乗り物だった。しかし、その荷台を引いているのは馬ではなく、大きなトカゲのような生物だ。

御者台に座る人物が、後方から迫るモンスターから逃げているようだった。

そして乗り物の後ろにいたモンスターの正体も段々はっきりしてきた。青光りするスコーピオン型のモンスターの群れだ。

まさか最初に遭遇するモンスターが単体ではなく群れになるとは……本当は一体ずつ戦って戦闘力を測るはずだったのに、やっぱり予定通りにはいかないな……

「どうする？」

健次郎の質問に、俺は迷いなく答える。

「困っている人を放っておけるわけがないよ」

あの調子だと、いつ後方のモンスターに追いつかれてもおかしくない。

予定と違うとはいえ、それを理由にあの人を見捨てるわけにもいかないし、俺達があれを食い止めなければ。

「そう言うと思った。じゃあ、Bランクモンスター相手ってことだし、ここは念のため強力な付与《ふよ》魔法《まほう》を使っておこう。プロテクション」

健次郎は、最初から俺の答えが分かっていたと言わんばかりに魔法を発動した。

聖と真美も同じように頷く。長い付き合いだけあって、三人とも俺のことをよく理解している。

健次郎が発動したプロテクションは、全員の防御力を強化する魔法だ。

俺達を白い光が包み込んだ。

「私もやるわね」

健次郎に続いて、聖が俺達に魔法を使った。

一定時間徐々に自動回復するリジェネーション、身体能力を強化するフィジカルアップ、精神の耐久性を上げて状態異常を防ぐメンタルアップ、魔法に対する耐性を上げるマジックバリア。この四種類を重ね掛けしてもらった。

これで俺達の戦闘能力は飛躍的に上がったはずだ。

「それじゃあ、まずは真美の魔法で敵戦力を減らそう！　ド派手にやってくれ！」

「任せて！　いっくよー！　エクスプロージョン！」

――ドォオオオオオンッ
真美が魔法名を告げると、その名前の通り、馬車の後ろにあった群れの中心が爆発した。

そのまま巨大な火柱が立ち昇る。

モンスター達のほとんどは空へと吹き飛び、爆心地から離れていたモンスターもプスプスと煙を上げていた。

馬車はギリギリ爆発に巻き込まれなかったものの、発生した爆風を受けてその場に転倒してしまう。御者もその衝撃で投げ出されて、地面に転がった。

おいおい……

俺達はその威力を見て沈黙したまま、真美をジト目で睨みつけた。

乾いた笑みを浮かべながら、真美が頬をかきながら不思議そうに言った。

「魔法の威力は強化されてないはずなのに、なんか凄い火力だったよね……」

呆れながら、モンスターが先ほどまでいた方を見ると、まだ動けるものが数体ほど馬車と御者に襲いかかろうと向かっていた。

あの爆発に巻き込まれて無事なのがいるとは、流石Bランクモンスターだ。

俺はすぐに皆に指示を出した。

「聖と真美はあの人の回復と護衛を頼む。健次郎は俺と残党処理だ」

俺達は互いに頷き合って、それぞれ動き出す。

「キシャアアアアアアアッ」

「はあああああっ！　スラッシュ！」

——ズバァンッ
スコーピオン型モンスターが襲いかかってくるが、俺はそれを横薙《よこな》ぎに切り裂いた。

俺の攻撃を受けたスコーピオンが、あっけなく真っ二つに切れる。

スラッシュは魔力を剣に溜めて放つ技だ。剣でただ切るよりも切れ味が増し、硬い物でも切り裂くことができる。同時に魔力の刃が飛んでいく。

「Bランクモンスターでも余裕そうだ」

俺は死体になったスコーピオンを見て呟いた。真美もそうだけど、俺の力も大概チートだ。

健次郎の方を見ると、盾で相手の攻撃を受け止めながら着々とダメージを与えていた。

派手な技はないが、堅実に倒している。

御者に目を向けると、聖が回復させているところだった。その近くで真美が、二人を守りながらスコーピオンに魔法を放って、寄せ付けないようにしている。

「俺も負けてられないな」

俺は再びスコーピオンに向かって駆け出して、一撃で切り裂いた。

そして数十分ほどで、俺達はスコーピオンの群れを全滅させるのだった。

最後のモンスターを倒し終わった俺達は、聖と御者がいるところに集まった。

「この人は……魔族みたいね」

聖の言葉で視線を移すと、そこには頭に二本の角が生えて、肌の色が緑色をしている男が横になっていた。どうやら衝撃で気絶しているみたいだ。

日本の知識で言えば、鬼やオーガと呼ばれるような存在に近いかもしれない。

「これが魔族なのか？」

「多分ね」

俺の質問に、そう答える聖。

「それで、彼の状態はどうなんだ？」

「命に別状はないと思うわ。しばらくしたら、目を覚ますと思う」

「そうか」

聖の言葉に安堵して、俺はため息を吐く。

「思っている以上に人に近い見た目だよね」

俺の隣で、真美が御者にしみじみと語った。

「そうだな。ヒュマルス王国では人間以外の種族を見たことがなかったから、改めて見ると滅茶苦茶変な気分になるな」

その人は肌の色と角を除けば、体格はほとんど人間と変わらない。ただ、地球出身の俺達にとって初めての異種族。それゆえか、俺達には妙な好奇心が湧いていた。

「う……ううっ」

魔族の男が瞼《まぶた》を開けた。

そして俺達を認識した瞬間、ガバリと体を起こして、自分の身体をペタペタと触り始める。

彼の様子を見る限り、特に異常はなさそうだ。

そして男は一息ついてから、しきりに辺りを見回す。

多分馬車を探しているんだと理解して、俺は指で示しながら声をかけた。

「無事でよかった。馬車はあっちだ」

馬車は転倒していたが、幸いにも特に壊れた場所はなく、トカゲみたいな生物も無事だった。

「■■■■■■■■■■■■!!」

馬車の様子を見た男が、俺の手を握って頭を下げる。

しかし、彼の発した言葉は全く分からず、俺は困惑した。

なんでだろう。王城で『言語理解』のスキルをもらったはずなのに……

「聞き取れた？」

「いや、全然……どうなってるのかしら？」

聖も首を傾げている。健次郎達に聞いても分からなかったようで、彼らは肩を竦めていた。

その間も、目の前の魔族の男は頭を下げ続けて何やら言っている。

「分かった。分かったって」

とりあえず、感謝を告げているは雰囲気から予想できたので、ジェスチャーでなんとか落ち着かせた。

魔族がきちんとコミュケーションを取る種族だと分かったのは、大きな収穫だ。

これなら、彼にどこかの街や集落などに連れていってもらえるかもしれない。

「この人に馬車に乗せてもらって、この荒野を抜けよう」

「それはいいかもな。そうすれば元いた遺跡までの帰り道も分かるだろうし」

俺の提案に全員が頷く。

ふと、そこで今森の拠点を任せているマリオーネさんのことを思い出した。

魔族相手だから、もしかしたら嫌がるかもしれないけれど、このまま俺達だけでここを出てしまうのはまずい。

きっと事情を話せば彼女も分かってくれるだろう。

そう考えて、俺は魔族の男に要望を伝える。

「俺達を街に連れていってほしい。ただその前に、仲間のもとへ戻るから、一緒に来てくれないか？」

意図をすべて言葉で伝えられないと判断した俺は、ジェスチャーや、地面に描いた絵でなんとか魔族に伝えて、皆で森に戻った。

「ま、魔族⁉」

拠点に戻ると、マリオーネさんが一緒にいた魔族を見て、腰に佩《は》いた剣を抜く。

俺は彼女を落ち着かせつつ、状況を説明した。

「まぁまぁ、待ってください。荒野でモンスターに追われていたところを助けたんです。で、街まで案内してもらうようにお願いしまして」

「ま、魔族の街に行くんですか？」

マリオーネさんが目を見開いた。

「はい。幸い、彼は私達人間に悪い感情は持っていないようですし、魔族とはいえ街に行けば移動手段や地図などが手に入るかもしれませんから」

「襲われたらどうするんですか？」

「そうなったら、やむを得ません。戦うしかないと思います」

「はぁ……分かりました。私もついていきます」

マリオーネさんは渋々だったが、俺の提案に頷いてくれた。

こうして俺達は魔族の男の馬車に乗り、魔族の街へと向かった。

第五話　遺跡に眠る叡智

精霊の女の子と、再びエルフの森の遺跡まで戻ってきた俺——ケンゴ。

しかし、その遺跡の扉の前で、俺は頭を捻《ひね》っていた。

「うーん、おかしいな。これで入れるはずじゃ……」

石板には、精霊と一緒に来れば開くと書いてあったはずなのに、扉が開く様子はない。

俺が何かを読み間違えたのか？

悩んでいると、精霊の少女が頭の上から俺の顔を心配そうに覗き込んできた。

『どうしたの～？』

「いや、ここの扉が開かなくて困ってるんだ」

『ここにはいりたいの？』

女の子が、俺の頭から降りて扉をパンパンと叩きながら振り返る。

「ああ。中に用があるんだ」

『しょれなら、けいやくしないとだめだよ～』

「え、そうなのか!?」

まさかこの子が入る方法を知っているとは思わず、俺は女の子の顔をまじまじと見る。

『うん！』

それにしても、ただ連れてくるだけじゃないとなると、話が変わってくるな。

会ったばかりの冒険者と契約してくれるとは思えないし……

「流石に契約はしてくれないよな？」

『いいよ～』

「え？　いいの？」

『ケンゴとならけいやくしてもいいよ～』

「本当か!?　ありがとな！」

俺が感謝を込めて女の子の頭を撫でまわすと、精霊の少女が嬉しそうにはしゃいだ。

『きゃはは。くしゅぐったい～』

「それで、契約の仕方ってどうするんだ？」

『なまえちゅけてくれればだいじょぶ』

「分かった。ちょっと待ってくれ」

意外にも契約方法はイナホと同じだった。

精霊が相手だから、もっと複雑な儀式《ぎしき》や手順が必要だと思っていたが……今は時間がないから、この契約方法はありがたい。

それにしても名前かぁ。これまでの仲間への名付けのことを俺は思い返す。

イナホは穂を付けた田園風景に色が似ているという理由で、シルバはメタリックカラーからとって、それぞれ名前を付けたわけだが……この子はどうしようか。

「君はなんの精霊なんだ？」

名付けのイメージを膨らませるために聞いてみると、精霊の女の子がスッと答える。

『もりのしぇーれーだよ』

森の精霊か。森にいそうな精霊と言えばたしかシルフだっけ。いや、女性だと言い方が変わって……シルフィードか。

フィーはどうだろう。響きも可愛いし、この子にピッタリじゃないか？

「フィーなんてどうだ？」

『ふぉ～！』

俺が提案すると、彼女は再び俺の周りを超高速で飛び回り始めた。

オッケーということなのだろうか？

「気に入ってくれたか？」

念のため確認すると、精霊が俺の間で腰に手を当てて得意げな表情をした。

『かわいい！　フィーのなまえはフィー！』

その直後、フィーから俺に向かって光の靄《もや》みたいなものが伸びてきた。

「これは……」

靄が俺の体に触れた瞬間、俺とフィーを光が包み込む。

『けいやくかんりょー。きゃははっ』
フィーが、嬉しそうに飛び回りながらそう言った。
確かに、イナホと同じようにフィーとの間に繋がりができたのを感じる。
今度こそ中に入れるといいのだが……
『精霊と共に歩みし者よ。我らの叡智を授けよう』
――ゴゴゴゴゴッ
厳《おごそ》かな老人の声が響くのと同時に、重々しい音を立てて扉が前に開く。
「よし、先を急ごう」
そして俺は、フィーとイナホとともに遺跡に足を踏み入れた。

◆　◆　◆

街のモンスター退治は任せるように言ってケンゴを送り出した後、私はまだ動けるエルフ達を広場に集めていた。

「私は私でやれることをやらないとね」

自分にそう言い聞かせて一拍置いた後、私はエルフ達に向けて話し始める。

「皆、聞いてちょうだい。私はリンネ・グラヴァール。二十年くらい前にもここに一度だけ訪れたSSSランク冒険者よ。たしかその時もこんな風に皆の前で話したわね」

私が皆の前で名乗ると、エルフ達がざわつく。

私のことをまだ覚えている者はかなり多いのだろう。

二十年以上前。その時に私がここを訪れた理由は、スタンピード解決のためだった。

スタンピード——それは、ダンジョン内に巣食うモンスターが溢れ出して人々を襲う災害で、定期的にダンジョン内のモンスターを間引かないことが原因で発生すると言われている。

私が来た時にスタンピードが起こっていたのは、エルフの森の中にあったダンジョンだった。

ダンジョン自体が発見されておらず、冒険者が誰も来なかったことが原因で、ダンジョン内のモンスターが数を増やして、最終的に溢れ出してしまったのだ。

運が悪いことに、ダンジョンを出たモンスターはいずれも高ランクで、Bランクなら簡単に倒せるエルフの冒険者達でも食い止めきれなかった。

私がこの里に立ち寄ったのは、ちょうどそんな時。

Sランク冒険者として活動していた私が、別の依頼の帰りに偶然通りかかると、異様な雰囲気を感じ取った。

検問所にも誰もおらず、不思議に思って森に入ると、そこには、モンスターの大群に押されて、危機に瀕したエルフ達の姿が。

今にも最終防衛ラインが決壊しそうな状況の中、私はすぐに彼らの助けに入った。

なんとか戦況は好転して、最終的には森を襲ったモンスターは全滅したが、良いことばかりではなかった。

私が助けに入る少し前に、アレナ以外の王族全てがモンスターに襲われて亡くなっていたのだ。

その話を聞いた私は、あと少しでも早く異変に気付けたら、もしかしたら彼女の家族も守れたかもしれないと後悔した。

だが、アレナも他のエルフ達も、一切私を責めることはなかった。

エルフの追悼《ついとう》の儀式の際、彼女が気丈に振舞っていた姿は今でも覚えている。その時の彼女の目は、それまでずっと泣いていたのか、真っ赤に腫《は》れあがっていた。

そんな彼女を放っておくことが私にはどうしてもできず、彼女が王位を継承するまでの間、このアルブヘイムに滞在したのだ。

これが私とアレナ、そしてエルフの森との繋がりだ。

だから、私にはこの場所に思い入れがあったのだが――

つい最近ここを訪れた時の扱いはひどいものだった。

私のことを認識してもらえず、名乗っても嘘つき呼ばわり。話も全く聞いてもらえないなんて……

だけど、その後エルフから聞いた話で、少しだけ理由が分かった。

どうやら私の魔力の質が変化したからだそうだ。魔力の質で相手を判別するエルフにとって、その質が変わるというのは、いわば別人になるというのと一緒。

そうなったきっかけも、思い当たる節はある。今まで、とあるスキルによって、魔法が使えなかった私が、ケンゴからもらったスキル消去のスキル書のおかげで、魔力を発せられるようになったから。おそらくそれが影響している気がする。

案の定、ざわつくエルフ達の中には、私が本物かを疑う声もあった。

私は彼らに向けて話を続ける。

「魔力の質は変わっているけど、私はリンネ・グラヴァール本人よ。皆に話したいことがあって、この場に集めたの。今、この街には数えられないくらいのモンスターが迫ってきているわ。このままだとこの街は、そのモンスター達に蹂躙《じゅうりん》されてしまう」

先ほどまでザワザワしていたエルフ達が一気に静かになった。

街に出現する大量のモンスターと聞いて、彼らの中にスタンピードの記憶が思い起こされているのだろう。

「嫌なことを思い出させてごめんなさい。でも、安心して！　今回は私が最初からこの街にいる。以前みたいには絶対にさせせない」

なおもエルフ達は静かなままだ。

「それに、モンスターを生み出している、世界樹に寄生した元凶は、皆を治して救世主と呼ばれたケンゴが必ずなんとかしてくれる！　今もその方法を探してくれているところよ！」

集められたエルフ達の瞳に光が戻り始める。

「だから、お願い。ケンゴが戻るまで、私と一緒に闘ってちょうだい！」

鼓舞《こぶ》するように演説したものの、エルフ達は何も言わない。

元々一人で活動していた私が、人々をまとめあげようなんて、荷が重かったかもしれない。

そんな時、一人のエルフが一歩前に出て声を上げた。

「私もともに戦います！」

それは、最初に私の正体を疑っていたキースだった。

私が驚いていると、彼はそのまま言葉を続ける。

「二十年前に助けていただいた恩は片時も忘れてはおりません。そしてまた、あなたは私達を助けようとしてくださっている。それをただ黙って見ているだけなんてありえません」

「ありがとう……助かるわ」

その後に他のエルフ達が次々と手を挙げた。

「お、俺も戦います！」

「わ、私も！」

誰一人ついてきてくれない可能性も考えていたので、賛同してくれた人が多かったことに、私は目を潤《うる》ませた。

アルブヘイムは上空から見ると、世界樹と街の間に大きな湖がある。そのため、モンスターの経路はその両岸。左右に分かれて侵攻してくる敵を食い止めるのは、流石の私でも身体が足りない。だから、片方のルートを任せるために、ある程度エルフ達の力を借りる必要があったのだ。

「これなら、片方の岸をエルフ達に任せて、私はもう一方に専念できる」

私はそう呟いてから、エルフ達に向かって言い放つ。

「私は城の左側のモンスターを受け持つわ。あなた達は右側をお願い。それから、今は元気かもしれないけれど、あなた達もいつ体調が悪くなるか分からないわ。無理は禁物《きんもつ》よ！」

「「分かりました！　リンネ様もお気を付けて」」

「ええ、行ってくるわ！」

私はエルフ達の声を背に受けて、モンスターがいる方角へ駆け出した。

湖を迂回《うかい》して私が世界樹の方に向かっていると、地鳴りのような音が響く。

——ドドドドドドドドドッ
「モンスター達が侵攻してきているみたいね。敵は近いわ」

それから数分後、私は先頭のモンスターと遭遇した。

「ギュオオオオオオオッ」

目の前のモンスターは、半透明なムカデみたいな姿をしていた。開いた円形の口は、棘《とげ》のような歯がびっしりと生え揃っている。

その歯を見せながら、さっそく私を食い殺そうと、モンスターが襲いかかってくる。

でも、私の相手をするには力不足。スピードも、大体Bランク程度だ。

「はぁっ！」

私は覇気とともに、そのモンスターをバラバラに切り刻んだ。

モンスターの体が地面にボトボトと落ちて動かなくなる。

こうして私とモンスター達との戦端が開かれた。

雪崩《なだれ》のように次々と押し寄せてくるモンスター達。

どのモンスターも同じくらいの強さで、私は一振りでまとめて数十匹を切り裂く。

ペースは上々だが、モンスターの数が想定より多すぎて、倒しても倒しても一向に減らない。

東側を任せたエルフ達が物凄く心配だ。

それに、彼らはいつ倒れてしまうか分からない状態。

本当なら私が行くまでの防衛をお願いして、自分の方が片付き次第すぐに向かう予定だったのだが、それが叶わない。

今のままじゃ間に合わないと思って、私は敵を切るスピードをさらに上げた。

「はぁあああああああっ」

モンスター達は次々とバラバラになって絶命していく。

それでも、モンスターは減るどころか、森を埋め尽くす勢いで増殖していた。

「いったいどれだけいるのよ！」

あまりに減らないため、私はモンスターを切りながら、悪態をついてしまう。

私でも圧倒的な物量が相手では、なかなか倒しきれない。

「このままじゃ……エルフ達を助けきれない……何か手段はないのかしら……」

私は剣を振り続けながら、打開策を必死に考えるのだった。

◆　◆　◆

「ここが古代エルフの遺跡の中か」

俺――ケンゴが遺跡に足を踏み入れると、レンガ造りの壁と床が続く一本道が現れた。

松明代わりに一定の間隔で置かれている青い炎が、不気味に辺りを照らしている。

「まさに迷宮って感じだな」

俺は独り言を呟いた後、内部を見回しながら先へ進んだ。

しばらくすると、扉が見えてきた。

扉の中は個室になっていて、四隅にエルフらしき像が置かれていた。

さらに扉には、何か模様が書かれている。

『像を部屋の中心に向けて動かせ』

その模様は暗号だったらしく、脳内で日本語に翻訳《ほんやく》された。

俺はその言葉に従って、四隅の像を動かす。

――カチリッ
何かがはまったような音がして扉が開いた。

「拍子抜けするほど簡単だな……時間がないからそれに越したことはないけど」

『むじゅかしいよ～』

『読めないよ～？』

フィーとイナホには全く分からなかったらしい。多分あの文字は古代エルフの暗号か何かなんだろうな。こんなに簡単に進めるのは『言語理解』さまさまだ。

『私にもこの言語の知識はございませんね』

バレッタも知らない言語だったようだ。でも、彼女が造られたのはこの世界ができる前だからな。

それよりはるか後の世界の言語を知らないのは当たり前か。

『解析します』

パーフェクトメイドのプライド的に、知らないことがあるのが許せないのか、すぐに彼女は言語を解析し始めた。あっという間に読めるようになりそうだ。

部屋の先に行くと、また別室にやってきた俺達。

そして一部分が欠けている数式のようなものが描かれていた。

俺は言語理解のスキルで、その全く意味の分からない数式の欠けている部分を自動的に補足して、頭の中にイメージとして浮かべた。

「ここをこうして、こうっと」

俺はそのイメージを、置かれていたチョークのようなものを使って穴埋めしながら再現する。

何かがはまった音とともに、再び扉が開いた。

「この言語は何か？」

「これは何の魔法陣か？」

「この文章の穴を埋めよ」

全ての問題が別の言語で書かれていたが、俺はことごとく読み解き、あっさりと正解を導き出す。

だが、ここにきて『言語理解』で太刀打《たちう》ちできない難題が降り注ぐ。

「えっと、何々？　エルフの森に国を築いた王の名前は？　だって？　俺が知るわけないだろ!?」

突然のクイズ形式で、しかもエルフ達の知識を問うものだ。これは俺の力ではどうにもできない。

答えに悩んでいると、フィーが俺の前に浮かんで、手を挙げた。

『フィーはしってるよ！　エルフのくにをちゅくったのは、オベロンっていうしと！』

まぁ精霊ならそういう知識もあるのかもしれない。

一縷《いちる》の望みをかけて、解答を記入すると――

――ピンポンピンポンピンポンッ
『正解だ』

軽快な音が鳴り、厳格な声とともに扉が開いていく。

「助かったよ、フィー」

『えへへ～』

俺がフィーの頭を撫でると、彼女は嬉しそうに目を細めた。

俺達が下へと続く階段まで辿り着いたところで、またしても厳格な老人の声が響く。

『この階では精霊との絆《きずな》が試される。心して行くがよい』

下りた先では、扉だけがある個室が待ち構えていた。

扉の奥へさらに進み、レンガ造りの道を歩いていると、奇妙な声とともに半透明のモンスターが飛んできた。

「ウケケケケケッ」

あれはレイスってやつか……見た目は黒のローブを纏った骸骨《がいこつ》だ。

「はっ！」

俺は刀を抜いて、勢いよく切り裂いた。

「ウケェッ」

しかし、全く手応えがない。物理攻撃は効かないようだ。

俺に魔法という手段はないので、エイダスを通じてエクスターラを取り出す。この銃は魔力の籠《こも》った光線を打ち出すことができるので、魔法と同じで霊体にもダメージを与えられるはず。

――ドン！　ドン！　ドンッ！

何発かエクスターラを半透明のモンスターに撃ち込むが、効果があまり感じられない。

「ウケケケケケッ」

レイスは余裕そうに俺達の周りをひらひらと飛び回っていた。

「キエェエエエエッ！」

突然、それまで回避だけしていたはずのレイスが俺達に襲いかかる。

「うわっと！」

俺はさっと躱して受け身を取った。

あいつを攻撃するにはどうしたらいいんだ？

ここに来る前に言われていたのは、精霊との絆が試されるということ。

精霊との協力がここを乗り切るカギだとするならば——

「フィー。魔法は使えるか？」

『まりょくをくれれば、かじぇならちゅかえるよ』

風か……魔法の詳しいことは分からないので、ここはフィーに任せるとしよう。

「よし、どんな魔法でもいいから、あのレイスを攻撃！」

『あいあいさー！　いっけぇ！』

フィーが両手を体の前に突き出すと、緑色の魔力を帯びた数メートルの槍が手の前から放出されて、レイスに迫った。

「ウケケケケッ」

『まがるよ～』

一度は魔法を躱したレイスだったが、フィーの掛け声とともに追尾してきた槍が直撃する。

「ギャアアアアアッ‼」

レイスは悲鳴を上げると、プシューッとガスが抜けるような音とともに消滅した。

「おお～、こんな魔法が使えるなんてフィーは凄いな！」

『ふへへ』

フィーの可愛らしい見た目とは裏腹に、彼女の魔法は相当強力だった。

俺が褒めながら頭を撫でると、彼女は腰に手を当てて得意げな顔で笑う。

それからも何体かのレイスと戦うことになったが、そのどれもが精霊の魔法以外の攻撃を一切受け付けなかった。

精霊との絆というのは、精霊の魔法のことを言っていたわけだ。

そしてその精霊が見えて、触《さわ》れて、話せる力。この三つが必要だったのだろう。

「ありがとな、フィー」

感謝のためにフィーに飴をあげようとしたら、頭を差し出してきた。

『それより撫でて～』

「はいはい」

前に撫でまわしたのがお気に召したらしい。俺はフィーが満足するまで頭を撫でてやった。

その後も、フィーの精霊魔法によってあっさりと敵を倒していき、俺達はついに最奥に辿り着く。

「グォオオオオオオオオンッ」

そこで待っていたのは、真っ赤な鱗《うろこ》を持った、巨大なドラゴン。

鑑定してみると、レッドドラゴンという名前だった。そして、レイス同様に精霊魔法以外を無効とするスキルを持っていた。厄介なのは、火に耐性があり、炎の魔法が使えるということ。

フィーが使っていた魔法を考えると、若干このドラゴンと相性が悪いかもしれない。

『切れちゃえぇ～』

しかし、それは俺の杞憂だった。フィーが両手をつき出して叫ぶと、緑色の三日月型の刃が無数に放たれ、ドラゴンの体を切り刻む。いくつもの刃が直撃して、最終的にドラゴンは原形を失った。

「……フィーってもしかして凄く偉い精霊だったりするのか？」

ドラゴンをほぼ一瞬で倒したことに驚き、俺はつい尋ねる。

『？　フィーはフィーだよ？』

だが、フィーは俺の言っている言葉が分からずに首を傾げた。

『知恵と絆を示した者に、叡智への扉が開かれん』

壁に扉が出現し、厳かな言葉とともにその扉が開いた。

隙間から漏れ出す光に目を細めながら、俺は手で庇《ひさし》を作ってその先を見つめる。

そこはまるで巨大な図書館だった。壁のすべてが本棚になっていて、部屋の真ん中に一回から天井まで貫く螺旋《らせん》階段がある。部屋というより、まるで塔だ。本棚によっては、空中に浮かんでいるものもあって、不思議な光景だった。

収められている本は、いずれも全く劣化している様子がなく、どれも新品のように綺麗な状態を保っている。

ここなら、求めているものが見つかるかもしれない。

「よし、ここが目的地だ。すぐに見つけないと」

俺の言葉に、フィーが首を傾げた。

『なにしゃがしてるの～？』

「世界樹に寄生したモンスターの対処方法だな」

『ママの本はこっちにあるよ』

「ママって、世界樹のことか？」

『うん、そう』

「そうか、フィーは色々知ってて偉いな。ありがとう」

『にへへ～』

フィーが浮かんだまま俺の袖を引っ張って案内してくれる。お礼に頭を撫でてやると、彼女はだらしのない笑みを浮かべた。

『主～、僕もお手伝いするよ～』

それまで肩にいたイナホがフィーの活躍ぶりに対抗心を燃やしたのか、手伝おうとアピールする。

「イナホもありがとう！　よし、じゃあ探すか」

『うん～』

俺はイナホを撫でて、世界樹関係の本がある場所に向かった。

『ここはぜんぶママのほん～』

フィーが体いっぱいを使って表現する。

てっきり本棚がいくつかあるのだと思っていたら、ほぼ壁一面分で、何冊あるのか数えるだけで目眩《めまい》がする。

「そうか……」

『お手伝いはちょっと無理かも～』

フィーが示す本の量を見て、イナホがさっそく音《ね》を上《あ》げた。

正直、これらの本を全部読んで調べていたんじゃ間に合わない。

そう思っていたら、ベストなタイミングでバレッタから通信があった。

『私におまかせください』

「何か手段があるのか？」

『はい。船のデータストレージに、ここにある本を全てスキャンニングします』

「マジかよ……」

この図書館には何千何万では足りないほどの本が存在している。それらを全部取り込んでしまうとは、相変わらずやることのスケールが大きい。

『はい、マジです。ではケンゴ様。エイダスのスキャンニングモードを起動してください』

「分かった。エイダス、スキャンニングモード」

バレッタの指示に従って操作すると、エイダスからバレッタとは違う機械的な音声が流れて、光の波動が広がっていく。

『付近に記録媒体を確認。スキャンニングを開始します』

その波動がこの図書館全体に広がると同時に、俺の前に数字の〇と一が絶えず流れていくようなプログラム画面が表示された。

『スキャンニング完了まで、残り十秒』

ウィンドウがポップアップして、必要な時間が表示される。

え、これだけの本をたった十秒でスキャンできるのか？　半端なさ過ぎる。

『スキャンニングを完了いたしました』

俺が呆気にとられているうちに、ここの図書館にある全ての本を記録してしまった。

『後はどれでもいいので、何冊か本を読んでください。書物に使われている言語の解析が必要なので』

「分かった」

エイダスからの指示に頷き、俺は適当に本を一冊手に取って読んだ。

恐らく俺が読んだ内容と言語をバレッタが受け取って解析するのだろう。

その後も、俺は何冊かを無作為に選んで読み進めた。

『この辺りの本の解析が完了しました。スキャンしたデータから検索が可能です。例えば〝世界樹〟という単語で検索すれば、それに関連した記述をまとめ、最適な説明を表示します』

検索エンジンよりも高性能だな。要するに、全てのデータを即座に解析して、一番多かった記述から、当時の本の中身に書いてあることを教えてくれるってことだろ？

便利なんてレベルじゃないな。

「それじゃあエイダス、世界樹に寄生したモンスターの撃退方法を教えてくれ」

『承知しました。検索を開始します……』

機械音声とともに、画面にふきだしと三点リーダーが表示される。検索中ってことか。

『検索を終了しました。世界樹に寄生するモンスターの撃退は専用の薬を作ることで可能です。材料は、キュエスの実／ヤリオダケ／クダシソウ／ピュリーウォーターになります。素材はいずれもエルフの森にて採取可能です。地図に分布場所を同期します』

しばらくすると、エイダスがその答えをくれた。

まさか薬作りが必要になるとは……時間がないから急いで材料を探しにいかなければならない。

「よし、材料探しに行くぞ！」

俺はそう言って、古代エルフの遺跡を後にしたのだった。


遺跡を出ると、バレッタから通信があった。

『ケンゴ様、少々連絡が取りにくくなりますが、気にせず材料探しを続けてください』

「お、おう。何かあったのか？」

『いえ、特に問題ありません。少々時間の掛かる船の管理業務を行うだけです』

「そうか。分かった」

彼女からそんなことを言われるのは珍しいと思ったが、あれだけ凄い船だし、メンテナンスも大変なんだろう。

それより今は一刻も早く薬を作らなければ……

そして、俺達はエイダスの指示に従って、材料採取に奔走《ほんそう》した。

どの材料もそれほど珍しいものではなく、一つ一つは入手に手間取ることもなかった。

これらを組み合わせたら薬ができるという情報を得る方が、今思えば大変だったな。

もう一つ苦労したのは、量の問題だ。世界樹の大きさに合った量を精製するのに、かなり時間がかかった。

薬を調合するために転移した船の工房で、俺は出来上がったものを掲げて声を上げた。

「よし、完成だ！」

『わーい！』

イナホとフィーが飛び跳ねて喜ぶ。

「それじゃあ、世界樹を助けるために急ぐぞ！」

『はーい！』

そして俺達は出来上がった薬を持って、世界樹のもとへ転移するのだった。

◆　◆　◆

ケンゴが古代遺跡を探しに行ってから、どれくらい時間が経っただろうか。

私――リンネは、迫りくるモンスターをひたすら切り続けていた。

それでも、その勢いはいまだに衰えることを知らない。本当に何匹いるのかしら。

これでも最高ランクの冒険者。数時間くらいずっと戦っていても、それほど疲労はない。

ケンゴからもらったシルフィオスという剣の効果も重なって、身体も軽く、まるで風そのものになったかのように縦横無尽《じゅうおうむじん》に駆け巡ることができる。

「はぁっ！」

一体一体の撃破ではキリがない。

本当は森を極力傷つけずにモンスターを倒したかったが、なりふり構っていられないと考えて、私は敵を付近の木ごと切り飛ばした。

「まったく、キリがないわねぇ……東側はどうなっているのかしら？」

対岸の方に視線をやって、私は顔をしかめる。

「あれはまずそうね……」

激しい戦いが繰り広げられているのが見え、防衛線が大分街の方に近づいているのが分かった。かなり押されているということだ。

私くらい戦える人がもう一人でもいれば、この状況をどうにかできるのに……

だが、私と同等のＳＳＳランク冒険者は世界にたった数人。それがもう一人ここにいるなんて贅《ぜい》沢《たく》はあり得ない。だが、そう願わずにはいられないほど、状況はひっ迫していた。

せめてケンゴさえ戻ってきてくれれば、押し返せると思うんだけど……いったいいつまでかかっているのかしら。

このままだと、世界樹を治す前にアルブヘイムの街が破壊されてしまう。

「はぁ……泣き言を言っても仕方ないわね。一刻も早く、このモンスター達を倒すしかないわ」

モンスターを吹き飛ばしてできた隙間を埋めるように新たな敵が迫ってくるのを見て、私はため息を吐いた。

急いで、ケンゴ。

心の中で呟いてから剣を構えて、再びモンスターの群れに突き進もうとしたその時――

――ドォオオオオオンッ
対岸で大爆発が起こった。
「え？」
私は突然の光景に目を疑った。

◆　◆　◆

「キース隊長！　もうすぐ敵が来ます」

「分かった。十分に引き付けろ！」

報告に来た部下に対して、私は指示を出した。

私達森の民は、リンネ様とは反対側の岸で半透明の虫のような奇妙なモンスターと相対していた。

大量のモンスターとこうして戦っていると、嫌でも二十年前のことを思い出す。

あの時の私は、近衛《このえ》部隊の隊長を担っていた。同胞は何人も犠牲になったし、国王陛下や皇太子殿下。そして、三人の王子殿下。多くの貴人が亡くなられた。その中で、王家を守る責任を果たすことができずに、私はおめおめと生き残ってしまった。

一度は自分の命で償《つぐな》おうと思ったこともあったが、たった一人まだ王族が残されていた。それがアレリアーナ王女殿下だ。彼女はまだ二百歳程度で、エルフからしたら子供だった。王位についたとしても一人では背負いきれないだろう。私はそう思って、残りの人生は彼女を守り、導くために力を尽くすことを誓《ちか》った。

あれから二十年、できるだけのことはしてきたはずだが、世界樹様……ユラ様が枯れ、国中に未知の病が流行るという事態を前に、私は無力だった。

そんな時にやってきたのが、救世主のケンゴ様と一度この国を救ってくださったリンネ様だ。ケンゴ様は私達をあっという間に危機から救い出してくださった。それに今もユラ様に寄生するモンスターを倒す方法を探すために奔走されている。

リンネ様もここから見える対岸で死力を尽くして、モンスターを食い止めてくださっている。

とはいえ、ここは本来我々の国。あの二人に頼りきりではいけない。私達エルフもやれることをやらなければ。それにまだ誰も死んではいない。ここが踏ん張りどころだ。

「撃てぇ！」

敵が弓の射程に入ると、私の指示で一斉に矢が発射される。

矢は正確に弧を描いて飛んでいき、モンスター達に突き刺さった。

モンスター一体一体はそれほど強くなく、すぐにバタバタと倒れて動かなくなる。

しかし、問題は数だ。

「隊長！　矢が切れました！」

「隊長、魔力がもうありません！」

倒しても倒してもキリがないし、それより先にこちらの備品や体力がなくなっていく。

兵士達の言葉を聞いて、私は唇を噛んだ。

「うっ……」

さらには、世界樹が弱った影響からか、突然戦闘中に倒れてしまう仲間も出てくる始末。

戦力にも限界が見えてきていた。これ以上、ここに留まっていることは難しそうだ。

「防衛線を下げるぞ！　撤退だ！」

「「了解！」」

私達は味方の損耗《そんもう》を減らすため、後ろの防衛ラインまで下がった。

防衛ラインは全部で三つ。残りはあと二つだ。

正直、私達の現状でモンスターを撃退できるとは思っていない。

我々はあくまで街にモンスターが侵攻しないように食い止めるまで。

最終防衛ラインまでにケンゴ様が寄生型モンスターを撃退してこちらに応援に来るか、リンネ様が対岸のモンスターを倒してこちらに応援に来るか。

それまで数を減らしつつ、時間稼ぎするのが今できることだった。

「ケンゴ様達が来てくれるまで絶対諦めるな！」

「「了解！」」

私は仲間を鼓舞しながら、自身も弓をとってモンスターを撃退する。

仲間達も疲労困憊《ひろうこんぱい》の体に鞭《むち》を打ち、再び敵に向かっていく。

それから数時間、必死に戦ってきたが、もうこちらの兵は限界を迎えていた。

魔力はすっからかんだし、備品も残っていない。

仲間達も体一つでモンスターと戦っているが、それもいつまでもつか……

モンスターを倒そうと動かした足がもつれて、私はその場に転がった。

すぐに起き上がることができずにいると、私の頭上から不快な鳴き声が聞こえた。

「グビョビョビョビョッ」

モンスターが私の真上に迫っていた。

「ここまでか……」

後は頼みましたよ、ケンゴ様……リンネ様……

私はそう心の中で呟き、観念して目を閉じる。

「……ん？」

だが、いくら待っても痛みが襲う感覚がない。

恐る恐る目を開けると、私の頭上でモンスターは動きを止めていた。

「仕方ありませんね。あなたがたが死ねば、私のご主人様方が悲しみますから。今回だけですよ？」

後ろから抑揚《よくよう》のない冷たげな女性の声が聞こえたと思ったら、一陣の風が私のそばを通り過ぎた。

――ヒュンッ
直後、私達の近くにいたモンスターが一瞬にしてバラバラになって倒れた。

そして視界の先に、仮面をつけたメイド服の女性の姿が現れた。

「は？」

私は場違いな存在に、思わず間抜けな声を出してしまった。

「それでは皆々様、ごきげんよう」

そのメイドが見事なカーテシーをした後、巨大な角張った物体が彼女の背後の虚空《こくう》から現れた。

見たことのない形状をしているが、なんとなく大砲に似ており、筒がいくつもあった。

そのどれもがモンスターの方を向いたかと思うと、その筒の全てから閃光《せんこう》が放たれる。

――ドォオオオオオオオオオオオンッ
同時に目の前が真っ火に染まった。火柱が天高く上るほどの大爆発だった。

爆発によって発生した煙が薄れて視界が開けると、森を埋め尽くす勢いで溢れかえっていたモンスターが、半分以上消え去っていた。

しかも、あんなに凄い爆発だったのに、なぜか木々は無事だ。

「これは神の思《おぼ》し召《め》しだろうか……？」

メイドの女性の声がどこからともなく聞こえた。

「メイドたるもの、目的以外の物に害を与えてはいけませんからね」

だが、声の主を探そうとしても、まるで今までのがすべて幻だったかのように消え去っていた。

夢でも見ていたんだろうか？

◆　◆　◆

「ギョギョギョギョッ」

「げっ!?」

世界樹の麓に向かった俺――ケンゴだったが、転移した先の光景を見て、ドン引きした。

根元が気持ちの悪い生き物に埋め尽くされていた。

俺は即座にインフィレーネで結界を作り、モンスターが近付けないようにする。

「なんだ、この気色《きしょく》の悪いモンスターは……」

俺はその半透明の虫みたいなモンスターを見て顔をしかめる。

『うねうね～』

『食べられるのかな～』

フィーとイナホは嫌悪感を持っていないらしい。それどころか興味津々と言った様子だ。

「危ないからこの結界の外に出るんじゃないぞ?」

『『はーい』』

俺はインフィレーネと結界を可視化させて、二人に注意する。

「うわぁ……ピンチっぽいな、あれ」

状況確認のため、俺は二人を頭と肩に乗せたまま、インフィレーネで浮かび上がった。

湖の両岸を通って、モンスター達が街へ向かっていくのが目に入る。

俺から見て右側は途中の一カ所でモンスターがせき止められていて、左側は押し込まれていた。

多分右側がリンネが一人で抑えている方かな。左は街のエルフっぽい。このモンスターの数が相手だと厳しいな。

しかも、モンスター達は、世界樹の幹で次々と生み出されている。敵が減らないいんじゃどうしようもない。

――ドォオオオオオンッ
しかし、その直後にエルフ達が防衛していた方から爆発音が聞こえた。モンスターの多くが消し飛んでいるように見える。

「おいおい、エルフにもこんな切り札があったのか……それなら防衛は任せて、早いところ世界樹をどうにかしよう」

俺はモンスター達をインフィレーネの結界で跳ね飛ばしながら世界樹の根元に辿り着く。倉庫から薬を取り出して、辺りに散布していく。

その薬が吸い込まれるように根の中に消えると、強く青い光を放って、世界樹に取り込まれた。

幹の方に吸い上げられていくのが透けて見える。

そして、全ての根から吸い上げられた薬が中心部に届いた時、黒板を爪でひっかいた音を何倍も増強したものが響き渡り、俺の脳を揺さぶった。

「キィイイイイヤァアアアアアッ」

俺の肩からイナホがずり落ちて蹲《うずくま》る。フィーもフラフラと地面に落ちて、目をギュッと瞑って耳を塞いでいた。

「くっ」

俺は、強烈な頭痛に苛《さいな》まれてその場にしゃがみ込みながらも、周りを見渡した。

なんだ？　何が起こった？

モンスター達が動きを止めて、世界樹から何も出てこなくなる。

そして、世界樹の内部を浮かび上がらせていた光が、幹の中心でミミズのような姿を映し出す。

そのミミズが、世界樹の中心部でのたうち回って暴れていた。

こいつが寄生モンスターなのだろう。この音の発生源もそのモンスターだ。

『音の周波数の解析が完了しました。結界内の音の影響を無効化します』

エイダスから機械音声が流れてきて、頭痛が収まった。

『うぇーん、あたまいたい～』

『まだクラクラする～』

フィーとイナホも結界の中にいたことで影響を受けなくなったようで、体を起こした。

フィーが涙を浮かべて俺に飛びついてきたので、抱き上げてヨシヨシと頭を撫でてやる。

頭を振るイナホも一緒に撫でながら、世界樹の幹の中でのたうち回るモンスターを見て呟いた。

「これは薬が効いてるってことだよな……？」

で、ここからどうすればいいんだ？

「グギャアアアアアアアアアッ」

呆然と見つめていると、青い光が赤い光に塗りつぶされた。

世界樹の幹の中心部が裂けて、中から半透明のミミズのような怪物が姿を現わす。

その悍《おぞ》ましい姿を目の当《ま》たり《あ》して、体中から鳥肌が立った。

「ケンゴ！」

聞き慣れた声が耳に入る。

俺は振り向いて、駆け寄ってくるリンネに笑いかけた。

「リンネ、無事だったみたいだな」

「ふん、当たり前でしょ」

彼女はプイッと顔を背《そむ》けて言う。だが、結構無理をしたのか、顔には疲労が浮かんでいた。

「そう言うなって。心配してたんだからさ」

俺はリンネに近づいて頭を撫でると、彼女はムスッとしながらも顔を赤らめる。

「わ、私はこのくらいで死んだりしないわ」

「それにしてもよくここまで来られたな？」

「突然モンスター達が動きを止めたから、一気に殲滅してきたの」

「そうだったのか……流石だな」

モンスターは多数いたが、彼女の言う通り、世界樹に巣食っていた寄生モンスター以外は沈黙している。それぞれ別の個体というよりは、この寄生モンスターの分体のようなものだったのかもしれない。

それまで頭を撫でられて照れていたリンネが、急に真剣な表情になった。

「って、こんなことしてる場合じゃないわ。あれが寄生モンスターなの？」

「ああ。薬を使ったら世界樹の体内から飛び出してきた」

「そう。これで終わったのかしら？」

「恐らくな」

寄生モンスターは一度飛び出してきた後、動かなくなっている。

「それなら、エルフ達の方が心配だから見に行きましょう」

「分かったよ」

リンネが、自分がやってきた方向とは反対側に走ろうとしたその時――

「グギャァアアアアアアアアアアッ」

死んだと思っていたはずの寄生モンスターが動き出して、彼女に襲いかかる。

「リンネ！」

「大丈夫！」

俺が叫ぶが、彼女は剣を抜いて、襲いかかってきた寄生モンスターを受け流した。

どうやら寄生モンスターの息はまだあるようだ。ここはこの場で倒してしまった方がいい。

「最後のあがきってところかしら？　すぐにとどめをさしてあげるわ！」

「そうだな、初めての共同作業といきますか」

リンネが剣を正面に構える横で、俺がからかうように言って刀を抜いた。

「な、何言ってんのよ！」

「リンネ、合わせろ！」

俺に抗議しようとするリンネを無視して、俺はモンスターに向かって駆け出した。

「誰があんたに剣を教えたと思ってんのよ！」

リンネは、当然と言わんばかりに答え、俺の後を追ってきて隣に並ぶ。

「「はぁあああああああああっ!!」」

気合いを出して寄生モンスターに迫ると、俺達は紫色にバチバチと稲光を散らす魔力を剣先に込めた。

「「グラヴァール流奥義《りゅうおうぎ》、紫電一殺《しでんいっさつ》！」」

俺とリンネの突きは、交差するように寄生モンスターを穿《うが》つ。そして、その体が引きちぎれた。

「ふぅ。これで終わりか？」

「いえ、まだみたいね」

俺が刀を納めながら寄生モンスターを見ると、俺達の連携技を受けてもなお、うねうねと蠢《うごめ》いていた。ちぎれた体が徐々に集まって、再び大きな体を形成しようとしている。

「ちっ。再生能力持ちか、鬱陶《うっとう》しいな！」

「私に任せておきなさい！」

俺が苛立ちとともにモンスターを睨むと、リンネが駆け出した。

「グラヴァール流裏秘伝《りゅううらひでん》、黒蛇《くろへび》！」

リンネの叫びと同時に黒い蛇のようなものが剣の周りに出現する。

あれはまだ見せてもらったことがない技だ。

「はぁあああああっ！」

リンネは飛び上がって、全ての体が揃った寄生モンスターを一刀両断する。

あれだけだと、また復活しそうだけど、何か策があるのだろうか？

「グギャアアアアアアッ！」

寄生モンスターは悲鳴を上げて、のたうち回る。

「喰われなさい！」

リンネの言葉に応じて寄生モンスターを縛り上げるように蛇が纏わりつき、寄生モンスターの頭にかじりついた。

すると、モンスターの頭から先が消える。蛇の頭が枝分かれするように現れて、次々寄生モンスターにかじりついて呑み込んでいき、最後にはその全てが黒い蛇のオーラに吸収された。

「終わりよ」

リンネが拳を握りつぶすと、黒い蛇が球体となり、その体積をギュッと小さくして消えた。

「どうなったんだ？」

「黒蛇は斬った相手が消滅するまで、黒い蛇のオーラが相手を喰らい続ける技なの。消えたということは、あの寄生モンスターも消滅したはずよ」

「うぉおおおおおおっ。マジか。なんだその技！　すっげぇカッコいい！　なんで俺に教えてくれなかったんだよ！」

黒いオーラとかカッコよすぎるじゃないか。真っ黒な装備の俺にピッタリだ。

「えっと、この技は一応、魔法で言うところの禁呪に当たる技なの。まだ完全にグラヴァール流を修めていないケンゴに教えるわけにはいかないのよ」

「ふーん。それなら仕方ないな。でも、俺がグラヴァール流をちゃんと修めたら教えてくれよな」

なんとなくだが、とってつけたような理由ではぐらかされた気がしないでもない。

「分かってるわ」

「やったぜ」

まぁ、いずれ教えてもらえるように言質《げんち》は取ったし、今回はこれで引くことにした。

「一件落着ね」

リンネが剣を鞘に納めた。

「お疲れ様」

「ええ。ケンゴもね」

俺とリンネは、互いにハイタッチを交わして健闘を称え合う。

「これで原因も取り除くことができたし、あとはもう一度回復薬で治そう。皆手伝ってくれ」

「分かった」

『『りょーかい！』』

俺達はダメ押しで寄生虫を撃退する薬と回復薬を取り出して、再び世界樹に振りかけていく。

それにしても、この前かなり回復薬を使ったはずだけど、一向になくならないな。

『こういう時のために備蓄《びちく》が用意されておりますので、全然問題ございません』

俺の疑問に答えるようにバレッタが通信してきた。

いったいどれだけあるんだと思ったが、深く聞くのはやめた。

そうこうしている内に、再び世界樹がみるみる回復して、元気な姿を取り戻していく。

またエネルギーを吸い取られてもいいように、念入りに回復薬を撒いていると――

『ちょ、ちょちょちょ、ちょっと！　もう十分ですよ！　これ以上は駄目ですって！　もうお腹いっぱいです。回復しすぎもよくないですって！』

突然、世界樹の前に光が集まり出して、世界樹の精霊ユラが現れた。

彼女は焦った表情で俺達のもとに降りてきて、頭の前で手を合わせて懇願する。

「どうする？」

「元気になる分にはいいんじゃないかしら？」

リンネがニヤリと笑って答える。

『やーめーてーくーだーさーいー！　もう元気ですからぁ！』

俺達がさらに回復薬を振りまくと、辺りに世界樹の悲鳴が木霊《こだま》するのだった。


『酷い目に遭いました……』

俺達の前には体育座りをして、地面にのの字を書いているユラの姿があった。

「悪かったよ」

「私も悪ノリしちゃったわ。ごめんなさい」

俺達が謝罪すると、ユラが立ち上がって頭を下げた。

『はぁ……もういいですよ。改めまして私を助けてくださってありがとうございました』

「これで全部解決ってことで大丈夫か？」

『えぇ。本体が死んだことで、このモンスター達も虫の息ですし、体内の卵も薬で死んでますから』

「そうか。元気になって良かったな」

彼女の答えを聞いた俺は、ホッと深いため息を吐いた。

『えぇ、えぇ、それはもう。あなた達のおかげで元気すぎるくらい元気になりましたからね？』

「なんだよ。やっぱりまだ怒ってるんじゃないか」

『怒ってませんよーだっ』

薬で元気になったせいか、これまでより性格が幼《おさな》くなってテンションもおかしい。でも、もしかしたらこっちが素《す》で、普段は威厳を見せようとちょっと大人ぶっているのかもしれないな。

俺達がユラと話していると、キースが神妙な様子で駆け寄ってきた。

「救世主殿！」

彼は疲労はしているものの、大きな怪我はしていなさそうだ。

「おう。キースも大丈夫だったみたいだな」

「はい、メイド服を着て仮面をつけた謎の女性に助けられまして……」

「「は？」」

真面目な表情で訳の分からないことを言われて、俺達は目を丸くした。

「言いたいことは分かりますが、本当なんです。冷たい声のメイドがモンスターの多くをあっという間に退治してくれたんですよ」

「ホントかぁ？」

リンネでもてこずるモンスターの大軍をメイドが退治できるわけがない……ん？

俺は、一人のパーフェクトメイドが思い浮かんだが、すぐに頭から振り払った。

いや、まさかそんな……いや、ないない。あいつは船から出たりしないし。

「無事だったんだからいいじゃない」

「……まぁそれもそうだな」

俺の思考を遮《さえぎ》るようにリンネが声を掛けてきた。

深掘りしないでおこうと決めて、俺はそれ以上メイド仮面のことを考えるのを止めた。

「これはユラ様。いらっしゃったとは知らず、大変失礼いたしました」

キースはユラを見つけるなり、その場に跪く。

『そのようにかしこまらなくてもいいんですよ……』

「そうは参りません。私達の守り神ですから」

ユラの言葉はキースには届かないので、俺が代弁したが、キースは跪いたまま首を振っていた。

「それで、あのモンスター達も動かなくなりましたし、ユラ様も元気に顕現していることは、今度こそ危機は去ったのでしょうか？」

キースの質問に、俺は頷いて答える。

「ああ。これで問題は全部解決したはずだ。ユラがよくなったから、他のエルフ達もまた近々調子を取り戻すんじゃないか？」

「それは良かった。では、城までお戻りいただけますか？」

「分かった」

こうしてエルフの国での未知の病騒ぎは終わりを告げた。

第六話　事件の後の癒しのひととき

王城に戻ると、俺達は小さな会議室のような部屋に案内された。

そこには、エルフの国の女王であるアレナと各氏族の代表である長老が集まっていた。

全員もう動けるまで回復していた。渡していた回復薬を使ったのかもしれないな。

「ユラ様、ご回復お慶《よろこ》び申し上げます」

俺達と一緒についてきたユラに、エルフ達が膝をついて頭を下げる。

『あなた達には心配をかけましたね』

「いいえ、とんでもございません。再びお世話させていただけること、嬉しく思います」

『ええ、またよろしくお願いしますね』

ユラの言葉は、俺が間に入ってエルフ達に伝えている。

エルフ達の目には涙が浮かんでいた。

ユラとの話を終えると、アレナが代表して俺達に頭を下げる。

「ケンゴ様、フィー様、リンネちゃん、イナホちゃん。この度は私達の国を救っていただき、誠にありがとうございました」

その他の長老達も全員が一緒に頭を下げた。

「いやいや、放っておけなかったし」

俺は慌てて、体の前で手を激しく振った。

大勢の偉い人達に丁寧な対応をされると、どうにも落ち着かないのだ。こんな崇《あが》め奉《たてまつ》られるような対応は本当に勘弁してほしい。

テーブルの上ではフィーとイナホがこっちを気にせずにじゃれ合っていた。呑気なものだ。

「それだけでこれほどの大きな危機を救おうとなさる方はおりません。誰もが避けられると思いますから」

「いやぁ、リンネの知り合いだっていうしさぁ」

「だとしてもです。それで改めて報酬をお渡ししたいのですが、何か欲しい物はございますか？」

「いやいや、今回は前回治しきれなかった俺の落ち度だし、昨日決まった報酬で十分だから！」

またしても報酬の話を始めるアレナに、胃が痛くなってくる。

「はぁ……そうですか。いっそのこと私自身を報酬にと思ったのですが……」

「それは遠慮します」

リーンに続いて、ここのエルフ達はどうなっているのだろうか。

俺はすぐに手と首を勢いよく横に振った。

隣からは、リンネが物凄い威圧を飛ばしている。今は怖くてそっちを向けない。

「ふふふっ。残念です。本当に何かありませんか？」

いたずらっぽく笑うと、アレナがもう一度尋ねてくる。

それと同時に、隣からの威圧が落ち着いた。ほっ。

正直、エルフの特産品が二百年も無料になるのなら、他に欲しい物なんて……

「うーん……あっ！」

「何かございましたか？」

「えっと……リンネに魔法を教えてくれないか？」

「「え？」」

困惑するアレナと、突然自分の名前を出されて間抜けな顔をするリンネの声が重なった。

「リンネちゃんに？　リンネちゃんは魔法を使えないはずでは？」

「いや、ちょっと前にその問題は解決したんだ。だから練習すればできるようになるはず。でも、ちゃんと魔法を教えられる人がいなくてな。エルフは魔法が得意だって聞くし、できれば教えてもらえたらな、と」

「なるほど。そのくらい構いませんよ。まぁ、それでも全く足りてないと思いますが」

「いや、それ以外は本当に浮かばないんだ」

「分かりました。では、褒美の権利は残しておきますので、何か必要な物がございましたら、なんなりとおっしゃってくださいね」

「あぁ、その時は頼むとするよ」

「それにしても国を救った褒美に魔法の指導を選ぶとは。それも自分ではなく、リンネちゃんの。まさか、こんな素敵な方がリンネちゃんの旦那さんだなんて。羨ましい限りですね」

褒美の話が終わると、アレナがリンネをからかうようにニッコリ笑いかける。

「!?」

リンネはアレナの言葉を聞いて、一瞬で顔が茹蛸《ゆでだこ》みたいに赤くなってしまった。

リンネの反応を見て、場にワッと笑いの花が咲く。

「リンネちゃんが、すっかり恋する乙女になってしまったことはさておき、今後の予定に関して少しお話したいと思います。まず、改めて宴を開きたいと思います！」

「昨日やったばかりじゃないか」

「森の被害が結構出てしまいましたからね。この暗い雰囲気を払拭《ふっしょく》するためにも宴は必要ですよ」

「まぁ、エルフの宴だし、好きにしたらいいと思うぞ」

「それから……この街にケンゴ様とリンネちゃんとイナホちゃん、そしてフィー様の像を建造する予定です」

「それはやめろ」

流石に間髪容《かんはつい》れずに、その計画は止めさせてもらった。黒歴史になりかねん。

話し合いはそこで終わり、エルフ達はすぐに宴の準備に取りかかり始めるのだった。


次の日、宴が催《もよお》されると、前回と同じようにアレナが挨拶を始めた。

「前回はまだユラ様が完治しておらず、不完全なものとなってしまいましたが、今回は全てが解決しました！　その証として、世界樹の精霊ユラ様にお越しいただいております」

アレナの言葉と同時に光が集まり、ユラが姿を現わす。

「「「うぉおおおおおおおおおっ！」」」

その瞬間、エルフ達の歓声が爆発する。彼らにとって、精霊と世界樹は同様に崇拝対象。その両方が合わさった者が来たとなれば、この反応は頷ける。

ユラが発する言葉を、俺がエルフ達に向けて伝える。

『我が同胞よ、感謝いたします。おかげで私は全快しました。ケンゴの活躍で、今後あのような寄生モンスターに侵されることもないでしょう。いつまでも見守っていますよ、我が可愛い子達』

その言葉を聞き、エルフ達が万歳を始めた。

「「「ユラ様、ばんざーい！　ケンゴ様、ばんざーい！　リンネ様、ばんざーい！　わぁあああああっ！」」」

その騒ぎのせいで、宴が始まるまで予定より大幅に時間がかかってしまった。

エルフ達も落ち着き、アレナが宴の開始を告げた後、俺はアレナに問いかける。

「そういえば、気になったんだが」

「はい、なんでしょうか」

「そもそも世界樹はそんなに簡単にモンスターに寄生されるものなのか？」

「いいえ、ユラ様の結界は強力です。私達が古代エルフの力を失ってしまってから数千年と経っていますが、その間に寄生されたという記録はありません」

その話を聞いて、俺の中での疑問がさらに深まった。

つまり、ユラには数千年寄生されないだけの抵抗力があったということになる。

「そうだよな。頻繁に寄生されるなら、記録や対処法がもっと身近に残っているはずだ」

「そうですね」

「だとしたら……今回はなんで寄生されたんだ？」

「それは……」

俺の質問にアレナが口を噤《つぐ》む。

そう。疑問だったのは、世界樹が寄生モンスターに寄生された根本的なきっかけ。ただモンスターが出た程度なら、今までの話を聞く限り、世界樹の抵抗力だけで対処できたはず。何か特別なことがあると考えた方が納得がいく。

「もしかしてケンゴ様は、今回の事件は人為的なものだったと言いたいのですか？」

俺は静かに頷いた。

俺の仮説だが、世界樹にモンスターを寄生させた実行犯がいるはずだ。

エルフ達に裏切り者がいる可能性も考えたが、誰も怪しそうな動きをしている奴はいなかった。多分外部の者の仕業だろう。しかもエルフ達に全く気付かせずに世界樹に近づき、モンスターを寄生させられるだけの実力を持った相手。かなりの強敵だろう。

「私達の誰も気づけなかったなんて、これから大丈夫でしょうか？」

「まぁ、多少の注意は必要だが、当面は大丈夫だろう。ユラは滅茶苦茶元気になったし、抵抗力もかなり上がったはずだしな」

「そうだといいんですが……」

俺は不安そうなアレナを励ましたが、なおも彼女は心配そうに俯いている。

怖がらせてしまったかもしれないな。

「そう心配するなって。何かあったら俺達が駆けつけてやるから」

「はぁ……リンネちゃんは本当にいい人を捕まえましたね」

俺がお詫びの気持ちを込めて、アレナの頭をポンポンと撫でると、彼女はため息を吐いた。そして俺の隣にいるリンネに視線を向ける。

「ケンゴ、もう食べられない……むにゃむにゃ」

リンネは幸せそうに酔いつぶれて寝言を呟いていた。

「辛気臭《しんきくさ》い話はここまでにしよう。せっかくの宴を暗くしちゃって悪かった。こっからは楽しむとするか」

「それもそうですね」

リンネの顔を見て毒気を抜かれた俺達は、互いに苦笑いを浮かべた。それから、木製のジョッキで乾杯する。

前回同様、エルフ達は朝からずっと飲みっぱなしだった。

その日、アルブヘイムの街から彼らの笑い声が絶えることはなかった。

◆　◆　◆

「予想はしていたけど、鬼だけじゃないんだね……」

「そうね。本当に色々な見た目の魔族がいるわ」

俺――勇気は、仲間とともに魔族の馬車に乗せてもらっていた。

今は目的の街の近くまで来たところ。目の前を歩く色んな種族を見て、真美と聖が感想を述べていた。

目の前には、背中にコウモリのような翼をもつ種族、二足歩行をするトカゲ、肌が青い人、一つ目の種族、巨人と見紛うほど背が高い人、本当に様々な種族がいた。

「魔族達の雰囲気も人とあまり変わらないな」

「そうだね」

今のところ、城で聞かされていたような血なまぐさい残虐《ざんぎゃく》な光景は目に入ってこない。

それどころかとても平和そうな雰囲気だ。もしかしたら、魔族は思ったほど邪悪じゃないのかもしれない。

俺達が安心していると、マリオーネさんが警告する。

「勇者様方。気を抜かないでください。奴らは魔族。私達が油断するのを虎視眈々《こしたんたん》と狙っているに違いありません」

街の前の城壁まで来たところで、俺達が助けた馬車の御者が門番と話し出した。

「■■■■■■■■■■■■■■■?」

「■■■■■■■■■■■■」

やっぱり、何を言っているのか分からない。

御者は返事をして、そのまま門を通り抜ける。

色んな種族に対応するためなのか、入り口は人の街の数倍はあった。

「賑わってるなぁ……」

健次郎がそう呟く。

街に入ると、中は更に混沌《こんとん》としていた。馬車のすぐ横で魔族がごった返している。

色んな魔族が話しているが、どれもまったく理解できなかった。

やっぱり『言語理解』スキルが働いていないか。

しばらく進むと、何階もある建物の前で馬車が停まった。

「■■■■■■■■■■■■」

何を言っているか分からないけど、なんとなくついてこいと言っている気がする。

俺達は馬車を降りて御者の後に続いた。

何やら建物の看板らしきものと、自分を交互に指し示しているところを見ると、この建物は彼の物ということなのだろう。ここで店を経営しているのかもしれない。

彼が再びついてくるようにジェスチャーで指示を出す。

彼に続いて中に入ると、正面に受付があって、隣には酒場が併設されていた。

なんとなく宿屋かなと認識する。

「泊めてくれるってことかしら？」

「多分な」

仕草だけではなかなか理解できなかったけど、恐らく聖の言う通りだと思う。

「夜に襲いかかってくるかもしれませんから、用心してください」

マリオーネさんだけは、いまだにこの男のことを信じていないらしい。

辺りを視線だけで確認しながら、怪しいものがないか目を光らせていた。

俺達の予想が当たって、部屋に案内される。女性が三人部屋。俺と健次郎は二人部屋だ。ひとまず話し合うために、広い女性部屋に集まる。

「とりあえず、街には辿り着いた。一刻も早くヒュマルスの国に戻るための準備を始めよう。必要な物は食料と野営道具かな。全部あっちの街に置きっぱなしだし」

「でも、物資を揃えるにしても、魔族の国でヒュマルス王国で使われていた硬貨が使えるかの確認は必要よ」

「そうだね。持っているお金が使えなかったら、ここでお金を稼ぐところから始めなきゃいけないし。とりあえずまずは情報が欲しい。手分けして集めよう」

聖の冷静な指摘に頷き、俺は皆に指示を出した。

くじ引きで決まった二つの班は、一つが俺と聖と真美で、もう一つが健次郎とマリオーネだった。

「それじゃあ、また後で」

「おう」

俺達は宿の前で別れ、売っている物やその相場、硬貨の価値や使用できるかを調べて回った。

数時間後、俺達は宿の部屋で合流を果たして、互いに集めた情報を交換する。

結果として分かったのは、ヒュマルス王国の硬貨は使用できないことと、売っている物の内容、そしてその相場だ。

魔族の国そのものについての収穫はなし。できれば、ここが大陸のどこにあるのか、魔族の国のどのあたりなのか、それから魔族と人間の関係を聞いておきたかった。それに人間の国までどのくらいかかるのかも……だが、それらはジェスチャーで伝えきれず、情報が手に入らなかった。

まぁ、それよりも一番手痛いのは……

「言葉が通じないから。働いてお金を稼ぐってのも難しいよな」

「そうなんだよね……」

物資を買うお金が現状ないということだ。

元々持っていたお金は使えず、稼ごうと思っても言語が通じない俺達に、できる仕事はない。

今さらだが、戦闘云々より言語の壁に俺達は苦しめられている。

『言語理解』があるから、ここで言葉が通じないことがあるとは思わなかった。

「もしかしたら……私達の召喚に巻き込まれたあのおじさんの『言語理解』は、こういう時のためにあったのかもしれないね」

沈黙を破るように聖が呟くと、その言葉に健次郎が眉を吊り上げた。

「なんだって？」

「皆は覚えてないかもしれないけど、おじさんの『言語理解』はユニークスキルの欄にあったの。私達の『言語理解』は普通のスキル。多分この二つは能力に違いがあるはず。私達が分からない魔族の人達の言葉も、あのおじさんの『言語理解』なら分かったかもしれない」

「それはないだろ？　あんなおっさんのスキルがそんなに有用なわけねぇよ」

「そうだよ。聖の思い過ごしだよ」

聖は思いつめるように言ったが、巻き込まれたおじさんのことを認められない健次郎と真美はバカにするような態度で答えた。

「二人ともいい加減にしてよ。おじさんだからってだけでバカにしてるけど、経験も知恵も本当なら私達より上な相手なの。見下していい人じゃないのよ？」

「わ、悪かったって」

「ごめん」

前に注意したにもかかわらず考えを変えようとしない二人に、聖が怒った。

普段あまり感情を表に出さない聖が怒っているのを見て、真美と健次郎がタジタジになる。

「私に謝っても意味ないわよ」

俺は聖と健次郎達の仲裁に入った。

「まぁまぁ、そんなことを言ったところで、おじさんがここにいるわけじゃない。俺達にできることを探して一つずつやっていこう」

聖の言う通り、おじさんのスキルなら今の問題を打破できた可能性はあるが、ここでそれを言っても仕方がない。

少々険悪なムードを解消し、頭を冷やすためにも、今日は早めに休むことにした。

ただ、マリオーネさんが見張りをするという意見を覆《くつがえ》さず、俺達は交代で睡眠をとったのだった。


次の日から、俺達は仕事を探すべく、街に繰り出した。

しかし、やはり言葉が通じないせいで結果は芳《かんば》しくなかった。

「はぁ……仕事見つかんないな〜」

「ホントね」

俺と聖が今日の魔族とのやり取りを思い返して、ため息を吐く。

俺達は憂鬱《ゆううつ》な顔で街の中を練り歩いた。

このままじゃモンスターの被害に困っている人達を助けたり、災害モンスターの討伐をしたりする以前の話だ。どうにかしないと……

そんな風に思いつめていると、ふと聞き慣れた言葉が耳に入った。

「もしかしてお困りですか？」

「え？」

その声に振り返ると、そこには魔物のような特徴の一切ない、俺達と同じ姿の人が立っていた。

「もしかしてあなたは人間なんですか？」

「はい。魔族の国で少々商《あきな》いをしておりまして……」

俺の質問に頷く男性を見て、健次郎が久しぶりに言葉が通じたことに飛び跳ねるように喜ぶ。

「よっしゃ！　久しぶりに人の言葉を聞けたぜ」

俺も全く言葉が通じなかったことが、ここ数日の精神的なストレスになっていたが、この一瞬で物凄く軽くなったような気がする。健次郎以外の皆も同じように顔を綻ばせている。

「それで、先ほども聞きましたが、何か困ってらっしゃるのですか？」

「はい。実は……」

俺が話し出そうとすると、商人風の格好をした男に止められた。

「道端《みちばた》ではなんですから。どこかのお店に入りましょう」

「それが……自分達はこの国のお金を持ってなくて」

「そのくらい私が持ちますよ。ここで会ったのも何かの縁ですから」

「それは……いえ、お言葉に甘えさせていただきます」

「はい、それでは行きましょうか」

そのまま俺達は、男と一緒に近くにあった喫茶店《きっさてん》に入った。

「なるほど。遺跡を探索中に転移の罠を踏んで、気づいたら黄昏の荒野の先の森にいたと」

「はい」

男の人はジャックという名前で、ヒュマルス王国ではないけど、別の国で店を営《いとな》んでいるらしい。

俺達はジャックさんにこれまでの事情を全て説明していた。

「それは大変なご苦労をなさったことでしょう。いかがでしょう。私どもの商隊と一緒に行きませんか？　私どもの国までででしたら、お送りしますよ？」

「本当ですか⁉」

「はい、この広い魔族の国でせっかく出会った人間同士の好《よしみ》です。力を貸すのは当然ですよ」

「ありがとうございます」

こうして俺達は、ジャックさんのご厚意で商隊と一緒に人間の国に戻れることになったのだった。


数日後、俺達はジャックさんの商隊の護衛をしながら、魔族の国を出た。

「この度は本当にありがとうございます」

「いえいえ、このくらいどうってことないですよ。こちらこそ、護衛を買って出ていただいてありがとうございます」

「お世話になるんですから、このくらいはやらないと」

お金も持っていない俺達ができるせめてもの恩返しだ。

「任せてくれ」

「モンスターなんて私の魔法で焼き払っちゃうよ！」

健次郎と真美も、人間達がいる場所に戻れるからか、やる気一杯だ。

「ははははっ。それでは参りましょうか」

道中は何度かモンスターが襲ってきたけど、ジャックさんの護衛の人達が非常に強くて、俺達の出番がなかった。

元々いた護衛の人達は冒険者だと言うけれど、その動きは洗練されていて無駄がなく、相手の急所をついて一撃で倒していた。もしかしたら、武術か何かを学んでいるのかもしれない。

なぜか分からないが、嫌な予感がした。

しばらく進んでいくと、開けた場所から薄暗い森の中に入る。

「えっと、本当にこっちでいいんですか？」

道とも言えない場所なので、念のため俺はジャックさんに確認を取った。

「はい、こちらの方が隣の国までの近道ですから」

「そうなんですね」

ジャックさんがそう言うのならそうなんだろう。土地勘のない俺はそう思って頷いた。

何カ所かで休憩を挟みつつ一日進み、俺達は開けた場所で野営することになった。

「今日はあそこで野営をしたいと思います」

ジャックさんには、事前にテントや消耗品《しょうもう》をヒュマルス王国で流通している硬貨で譲ってもらった。おかげで、自分達の物資もある程度揃えることができた。

「そろそろ夕飯なので、こちらに来てください」

「分かりました」

俺達がテントの中で休んでいたら、ジャックさんの部下が呼びに来た。

部下に案内されるままに向かうと、そこにはすでに夕食を待つ人達が集まっていた。

「遅くなってしまって申し訳ありません」

「いえ、構いませんよ。彼らの分も配ってください」

ジャックさんが俺にそう言ってから、部下の一人に俺達用の食事の準備をお願いしてくれた。

「かしこまりました」

ジャックさんの指示で、スープの入ったお椀《わん》と柔らかいパンが載ったお盆を手渡される。

スープは野菜がたっぷり入っていて、コンソメのような匂いが漂う。

野営といえば硬くて味の悪い保存食ばかりだったけど、今回は普通に調理した料理が出てきた。

新鮮な食材を持ち運ぶのはかなりコストがかかるはずなので、ジャックさんは相当凄い商人なのだろう。

「それでは、いただきましょう」

ジャックさんの言葉で、皆が食事に口を付ける。俺達も同じように食事を口に運んだ。

「なかなか美味しいわね」

「そうだね」

「野営でこのような料理が食べられるなど、贅沢ですね」

保存食の味気ない食事に慣れた俺達にとって、温かい料理はとても美味しかった。聖も久々のちゃんとした食事に満足げだ。

だが、しばらくして急に目眩が襲ってきた。

「うっ」

俺は思わず地面に手をついて体を支える。

朦朧《もうろう》とする意識の中、仲間の状態を確認すると、他の皆も俺と同じように体になんらかの異常をきたしていた。

だが、ジャックさんのメンバーは誰一人としてそのような症状が出ていない。

もしかして、ハメられたのか……

「最後の晩餐《ばんさん》はいかがでしたか？」

ジャックさんの言葉の意味を理解して、予想通りだったと確信する。彼は悪魔のように口端を吊り上げて俺を見下ろしていた。

「な、なにをするつもりだ……」

歯を食いしばって不調を堪えながら、俺はジャックに尋ねる。

「まだ分かっていないんですか？　そんなんだから騙されるんですよ？」

ジャックが俺を嘲笑《あざわら》う。

「やっぱり……お前が料理に毒を入れたのか……どうして……！」

「あなた達の装備は高く売れそうですし、女は三人とも上玉。男も見目がいいから、欲しがる人はいるでしょう」

「俺達を騙していたのか？」

「騙すなんて滅相《めっそう》もない。私がお約束したのは、あなた方を人間の国に送り届けるというところまで。どのような状態でとまでは言ってませんからね。くっくっく」

「くっ……」

ジャックは俺の質問に心外だとでも言いたげに答えてから笑う。

彼の口車に乗り、信じ込んでしまった俺達が浅はかだった。

話が通じない魔族達の中で見つけた唯一言葉が通じる人間、そして俺達の事情を親身になって聞いてくれていたこと。それらが、彼を良い人だと錯覚《さっかく》させたのだ。

初めから俺達と装備品や所持品を狙っていたのだと気付ければ……

くそっ。このままでは皆が奴隷にされて売られてしまう。

人間にこんなことをされるなんて……魔族なんかよりもよっぽどあくどい奴らじゃないか！

俺は魔族を悪く言うヒュマルス王国にも少し反感を抱いた。

「キュ……キュア」

弱々しい声で、聖が必死に呪文を唱えた。

俺の体が光に包まれて、みるみる体の中の不快感が消えていく。

だが、聖はそのまま地面に倒れてしまった。

「なんと……まだ魔法を使えたとは。これは油断していました。しかし、今起きているのはあなた一人。この状況をどうにかできるとお思いで？」

一瞬驚いた顔を見せたものの、ジャックの顔はすぐに余裕の笑みへと変わる。

俺一人に対して、この辺りのモンスターを一瞬で片付けるような手練《てだ》れが大勢。

普通なら諦めるところだが、俺には秘策があった。

「『限界突破《げんかいとっぱ》』！」

一日に五分間だけ、普段の三倍の力を引き出すことができる俺専用の技だ。

唱えた瞬間、俺の体から魔力が噴き出た。

「な、なんだ、この魔力は!?　やれ!!　今すぐにこいつを殺せ!!」

これは完全に想定外だったようで、ジャックは焦ったように部下達に指示を出した。

だが、今の俺は普段の三倍は速い。

彼らがいくら強くても、元々Bランクくらいの実力がある俺が全てのステータスを三倍にすれば、向かうところ敵なし。

相手の攻撃も、まるでスローモーションで襲いかかってくるようにしか見えない。

流れるような動きで、間合いを詰めて、俺は手練れを全員組み伏せた。

「後はお前だけだ」

「くそっ！　こんなはずじゃ！」

逃げようとするジャックだが、護衛達よりも動きが鈍《にぶ》く、追いつくのは容易だった。

「逃がすか！」

「ぐはっ！」

俺は彼の背中に蹴りを叩き込む。

ジャックは勢いよく倒れて、地面に顔を打ち付けると、そのまま意識を失った。

「もう時間がない……」

『限界突破』には効果時間が過ぎると、その分の負荷が一気に襲いかかってくるというデメリットがある。

幸い自分達が受けた毒が死ぬようなものじゃないと分かった俺は、『限界突破』が切れる前に、制圧した奴ら全員の手足を急いで縛って転がした。彼らの手足は抵抗できないようにバキバキに折ってある。

俺達のスキルには元々毒物に対する耐性があるので、放っておいてもいずれ元通りになるはずだ。

「あがががががっ⁉」

ジャック達の処置が終わった直後、強烈な痛みが襲ってきた。

俺はその痛みに耐えきれず、その場に倒れ伏すと、そのまま意識を失うのだった。

「うっ」

目を開けると、俺の顔を誰かが覗き込んでいた。

「起きたみたいね」

「聖か？　どれくらい経った？　毒は？」

俺は上体を起こして頭を振った後、聖に尋ねる。

「大体二時間くらいかしら。私は一番抵抗力が高かったみたいで、すぐに毒は抜けたわ。皆には解毒魔法をかけてある」

「なるほどな。助かった。ありがとう」

話を聞いて俺は聖に頭を下げた。

「いえいえ、どうしたしまして。今回はちょっと危なかったわね」

「ああ。人間だからって簡単に信用しすぎた。今度からは気を付けないといけないな」

「そうね」

美味い話には裏がある。これは肝《きも》に銘《めい》じておくべきだな。

五人で頷き合うと、俺はジャック達犯罪者を連れて魔族の街へと戻った。

だが、城門に着いたところで、またしてもトラブルが発生した。

俺達は言葉が通じず状況を説明できなかったのに対して、ジャックは魔族と意思疎通が図れるのか、門番と普通に会話していた。

「■■■■■■■!?」

ジャックの言葉を聞いた門番が、俺達を睨みつけた。

この反応を見る限り、俺達が悪者に仕立て上げられているっぽい。

「■■■■■■■！」

門番が声を荒らげる。

恐らく一緒に来てもらおうか、みたいな言葉を発しているんだろう。

取り調べをしたところで、ジャックが俺達を襲おうとした証拠は残っていないし、俺達の方がどう考えても劣勢だ。

仮に、そこまでいかなくても、ここで足止めされ続けるわけにはいかない。

幸い、ジャック達の荷物から使えそうな物は、それぞれのリュックに入れた。その中には地図らしきものもあるし、一度説明もしてもらっている。

自分達だけでも人間の国を目指せると判断した俺は、皆に指示を出した。

「逃げるぞ！」

「「「了解！」」」

俺達は人間の国がある方に向かって走り出す。

「[redacted]！」

魔族の兵士達が何かを喚《わめ》きながら、俺達を追いかけてきた。

「フィジカルアップ！」

「スラッジ！」

しかし、聖の身体能力を高める付与魔法と、真美の辺り一面を泥沼にする魔法を使用したことで、勝敗は決した。

俺達はさらにスピードを上げて、追っ手は沼で足止めを食らう。

こうして、俺達は改めて人間の国を目指すのだった。

◆　◆　◆

俺――ケンゴは、リンネや数名の知り合ったエルフ達と、城の裏にある湖のほとりに来ていた。

なぜかといえば、もちろん水浴びをするためだ。

ここに来てからというもの、ずっと動きっぱなしで、あまり休むことができなかった。

そこで、女王のアレナに許可をもらって、のんびり湖で遊ぼうということになったのだった。

湖のほとりにビーチパラソルを立てたり、ロッキングチェアを並べたりして準備をしていると、後ろから声がかかる。

「お兄ちゃーん！」

『わーい』

一緒に遊びたいと言ってくれたリーンとフィーが水着姿で突撃してきた。

「ま、待たせたわね」

「お待たせしました」

その後ろから、リンネとアレナが仲良く話しながら、こっちに歩いてくる。

あまりにも華やかすぎる空間だ。

リンネも水着に着替えたようだが、恥ずかしがっているのか、パーカーを羽織《はお》って隠していた。

アレナは若草色のビキニにパレオを巻いたスタイルだ。

ちなみに、水着はいずれも船の倉庫にあったものをバレッタに見繕《みつくろ》ってもらった。こんなものまで用意があるとは……。

アレナがリンネを肘で突いて、前へ押し出した。

「ほら、恥ずかしがってないで脱ぐんですよ、リンネちゃん。せっかく来たんですから！」

「わ、分かってるわよ」

リンネはパーカーを脱ぐと、真っ白なビキニ姿になった。彼女の金髪とのコントラストが美しい。

「ど……どうかしら？」

「凄く似合ってるな。リンネには白の水着が凄く映える」

「あ、ありがと……」

俺が率直な感想を述べると、リンネはまるで湯気が出ているかのように顔を真っ赤にして俯いた。

「見せつけてくださいますね。私の水着姿はいかがでしょう？」

「ああ。アレナも良く似合っているよ」

「ふふふっ。ありがとうございます」

リンネとアレナを褒めていると、俺の足にしがみついているリーンとフィーが見上げてきた。

「ねぇ、私は？」

『わたしはぁ？』

「二人ともとっても可愛いぞ？」

『わーい！』」

俺がしゃがんで二人の頭を撫でて褒めると、二人とも嬉しそうにはしゃぎ出す。イナホもいつの間にかストライプ模様の水着を着て、今は水辺でパシャパシャと水を叩いて遊んでいた。

「それじゃあ、湖に入るか」

「そ、そうね」

俺はリンネの手を取って湖に近づいた。

「ちょっと冷たいな」

「まだ六月になったばかりだもの。当然よ」

「まぁ、これくらいの冷たさなら、そのうち慣れるだろ」

俺がそう言って、足元の水をすくってかけると、リンネが可愛らしい声を上げた。

「きゃっ！　もうっ、やったわね！　お返しよ！」

「それはやりすぎだろ！」

リンネが仕返しとばかりに、俺に向かって水をすくいあげようとした。

だが、その量は俺がやったものと比べ物にならないほど多く、まるで波のような量の水が俺に襲いかかった。

こんな時にインフィレーネを使うのは無粋《ぶすい》だろう……でも、このままでは大量の水が……そんなことを考えるうちに俺は波に呑まれてしまった。

「うひぃ!?」

その冷たさに全身が震える。

「やったなぁ！」

「はぁああっ！」

そのまま俺達は互いに相手がやったものより大きな水をかけあい始めた。水のかけあいというより波のぶつけ合いだが……

「なにあれ、楽しそう」

『わたしもいっしょに遊ぶ～』

「うはぁ!?」

リーンとフィーの声が聞こえたと思うと、背中や横からも水が迫ってきた。

リンネに加えて、リーンとフィーも俺に水をかけるようになり、俺は三方向全てから水を浴びる。

「私がいるのをお忘れなく」

収まったと思いきや、駄目押しとばかりにアレナも水をかけてきた。

おれはものの数秒で全身ずぶ濡れになってしまった。

「もう許さん！　水掛流奥義《みずかけりゅうおうぎ》、大回転《だいかいてん》！」

俺は思いきりその場で回転して水をまき上げる。

「きゃー！」

『きゃははっ！』

「もうやめてよ！」

「冷たいですね！」

まるで竜巻のようになった水が全員に襲いかかる。

リーンとフィーが逃げようとしてはしゃぎまわり、リンネとアレナが冷たそうにしながらも楽しそうに笑った。

水遊びをいったん中断した俺達は、思い思いの時間を過ごすことにした。

遊び足りないフィーとリーンは、一足先に二人で水に入って遊び始めていた。

フィーが魔法を使って水を操り、リーンはそれに乗ってはしゃいでいる。

「私は二人を見ていますね」

「ありがとう。よろしく頼む」

アレナが二人の方に歩いていった。

「よし、じゃあ俺は釣りでもするか！」

「私も一緒に行くわ」

俺とリンネは二人で少し離れた場所にあった岩場に登る。

そして俺が釣り竿を倉庫から取り出すと、リンネがそれをジロジロと見始めた。

「これを使おう」

「なんだか凄そうな釣り竿ね」

「ああ。船から持ってきたやつだからな。絶対に折れない頑丈さ。糸も魚に気付かれないくらい細いのに切れない。ルアーもまるで生きている魚のように自動的に動いて魚を誘ってくれるらしい。

釣りのスキルがあってもなくても、ほぼ全自動で魚を釣ってくれるってわけだな」

「またずいぶん高性能な道具なのね」

「とりあえずさっそくやってみようぜ！」

俺は湖に糸を垂らそうと、軽く竿を振った。あまり力を入れていないのに、数百メートルくらいは飛んでいったな。そして、ポチャンと水面に落ちる。

リンネも、隣で俺の真似をして竿を振った。

「さてさて、この湖にはどんな魚がいるのかな？」

「魚釣りなんて初めてだから、新鮮ね」

俺がワクワクした気持ちでいると、リンネの口から衝撃の言葉が飛び出した。

俺は目を丸くする。

「マジかよ。冒険者って食料調達で釣りしてそうなイメージだったけど」

「見たことはあったけど、自分でやるのは初めてよ。私の場合は、ケンゴほどまでとはいかないけど、冒険者になった時から結構強かったからね。モンスターを倒せば肉が手に入るし、食べられる野草も知ってる。だから、釣りをするほど食料に困らなかったわ」

「なるほどな。じゃあ今日は釣りの楽しさを教えなきゃな」

「期待しているわ。あっ！」

二人で話していると、リンネの釣り竿がビクンと引いた。

この釣り竿なら、確実に獲物がかかっているはずだ。

「もう引いていいぞ。ここを回して糸を巻くか、ボタンを押して自動で巻くか選ぶんだ」

俺が説明すると、リンネが手動でリールを巻き始めた。

「そうね。初めてだし、自分でやってみるわ」

彼女の力は常人レベルではないので、普通の魚の力では引っ張り合いにならない。しかも釣り竿も糸も頑丈だから、どれだけ糸を切ろうとしても逃げられない。結局魚はなす術《すべ》なくリンネに糸を巻かれて、あっさりと釣り上げられてしまった。

「これはカッツォマースね」

「カッツォマース？」

俺は聞いたことのない魚に首を傾げる。

「ええ。今くらいの時期に、ちょうどエルフの里で食べごろになる魚よ」

「鰹《かつお》なのか？　鱒《ます》なのか？　一体どっちなんだ？」

「カツオとマスが何かは分からないけれど、美味しいのは間違いないわ」

「それは楽しみだな。エルフに料理してもらおう」

今の話で知ったが、こっちには鰹も鱒もいないんだな。

「おっ。俺も引いたな」

そんな話をしているうちに、俺の釣り竿にも当たりがあった。

自分で巻いて釣ると、その魚を見てリンネが声を上げた。

「あっ、ハッピーフィッシュじゃない。それは縁起《えんぎ》がいい魚として有名よ。なかなか釣れないって聞いたことがあるのに、よく釣れたわね」

「へぇ、美味いのか？」

「そうね。じっくりと煮込んだ料理が美味しいって聞くわ」

「それはいいな」

見た目は鯛《たい》だ。確かに煮つけにすると美味しいよな。後は炊き込みご飯とかか。夢が広がるな。

「よし、もっと釣ろうぜ」

「ええ、そうね」

リンネも乗り気になってくれたので、俺達はそのまま釣りを続けた。

その結果、数十分後には、倉庫から持ってきたクーラーボックスは一杯になっていた。

「いやぁ……かなり釣れたな。いい頃合いだし、そろそろ引き上げるか」

「そうね。ちょっと調子に乗りすぎたかしら？」

リンネが苦笑いしていると、彼女の竿が揺れた。

リンネがリールを巻き始める。

「……あ、ちょっと待って。最後にかかったみたい！」

「じゃあ、それで最後にしよう」

「この魚、今までより強敵ね」

「へぇ〜、リンネを手こずらせる魚がこんなところにいるなんて、思わなかった」

今まであっさり釣ってきたリンネが、足と腕に力を入れている。

「これは……もしかしたらこの湖に棲むというヌシかもしれません」

俺とリンネが集中していたら、突然アレナが後ろからニュッと顔を出した。

「え⁉」

「うわっ⁉」

俺とリンネは驚いて思わず声を上げた。

「ちょっと、アレナ。びっくりさせないでよ」

「ふふふっ。ごめんなさい。なんだかちょっと面白そうな様子だったので」

不機嫌そうに頬を膨らませるリンネを見て、アレナが口元に手を当ててクスクスと笑う。

「はぁ……それでヌシっていうのはなんなの？」

「何百年か前にこの湖に生まれて、ずっと生きている突然変異の巨大魚のことです。これまでずっと誰も釣れなかったんですが、まさかこのタイミングで出てくるとは……」

「まだそうと決まったわけじゃないでしょ？」

「それもそうですが……」

最初は俺もアレナの言うことは眉唾《まゆつば》だと思っていた。

しかし、徐々に魚影が近づいてくるにつれて、その影の大きさに、彼女の言うことが間違ってないと思い始める。

――ドパァアアアアンッ
そして、凄まじい水しぶきとともに姿を現わしたのは、とんでもないデカさの魚だった。体長は十メートルをゆうに超えている。俺達、よくこんなのがいる湖で水浴びとかしてたな。

「でけぇえええええええ！」

「なによ、あれ！」

「あれこそヌシです。私も実物を見るのは初めてですね。まさか釣り上げられる場面に立ち会えるとは……」

俺とリンネが驚いているそばで、アレナが冷静に解説する。

「そんなこと言ってる場合じゃないだろ。あいつ俺達の方に向かって来てるぞ！」

「そうですね」

「何を落ち着いてるんだよ！」

俺がアレナにツッコんでいると、リンネが俺に釣り竿を渡してきた。

「はぁ……私に任せなさい。これよろしくね」

「あ、ああ」

それからリンネはマジックバックの中から自分の剣を取り出して、鞘から引き抜いた。

その場で飛び上がると——

「グラヴァール流外伝《りゅうがいでん》、三枚《さんまい》おろし！」

——ピッ
彼女はそのままヌシの口の中に飛び込み、技を放った。その瞬間、魚の体に線が入る。

リンネの体が完全に呑み込まれた時、ヌシの体は弾けるようにして捌《さば》かれていた。

「インフィレーネ、展開！」

俺はすぐにインフィレーネの機体を全て使って何枚もの障壁を合わせ、落ちてきた切り身と、頭と背骨を受け止める。

リンネは地面に着地すると、鞘に剣を仕舞ってチンッと音を鳴らした。

その様子を見ていたアレナがパチパチと拍手をする。

「流石リンネちゃん、お見事」

リーンとフィーも連れられるように手を鳴らして、アレナのお供として岸に控えていた侍女や騎士達もそれに倣った。

グラヴァール流剣術ってあんなこともできるのか……

リンネが照れて、腕を組みながら顔をプイッと逸らした。

「べ、別にこのくらいたいしたことじゃないわよ」

インフィレーネで受け止めた巨大な魚の頭を見て、イナホが駆け寄ってきた。

『あるじぃいいいいいいいいいいい！　何そのおっきな魚！　僕食べたい！』

イナホの言葉を受けて、俺はアレナに提案した。

「それもいいな。アレナ。せっかくだ。エルフ達を集めて、こいつで宴といかないか？」

「それはいいですね。分かりました。手配はお任せください」

「よし、準備を始めるぞ」

俺達はヌシの切り身を前にして宴の準備を始めた。

アレナが凄まじい統率力を発揮して、その日のうちに多くのエルフをアルブヘイムに集めた。

「本日は、なんとケンゴ様とリンネ様が湖に棲むヌシを釣り上げました。そして、それを私達もいただけることになりました。ケンゴ様に感謝して、美味しくいただきましょう！」

「「かんぱーい！」」

エルフ達が、並べられた魚料理を取りに行く。

俺達は以前の宴と同じように、塔の屋上にて用意されたヌシの料理に舌鼓《したつづみ》を打った。

「美味ーい！」

切り身を木の葉に包んで焼いたものを頬張ると、淡白な魚の味と風味豊かな葉の相性が抜群だった。いくらでも食べられてしまいそうだ。

『おいしい、おいしい』

イナホは夢中になってがっついている。リーンとその家族、そしてフィーも満足そうだ。

宴の最中で、世界樹の精霊であるユラが姿を現わした。

『私を除け者《のもの》にするとは、どういう了見ですか？』

「姿が見えなかったから、しばらく出てこないと思ってたんだよ」

『体内の調整をしていたんです。それにあなたのおかげで姿を現わしてもそれほど消費しなくなりましたので、これからはもう少し顔を出すつもりですよ』

「そうか。エルフ達も喜ぶだろ。アレナ、ユラも一緒に食べていいか？」

「もちろんです。ユラ様、こちらへどうぞ」

俺の話を聞いたアレナが、ユラ用の椅子を用意した。

ユラはその案内に従って、椅子に腰を下ろすと、同じように魚料理を口に運んだ。

『これはなかなか美味しいですね。今度からお供えしてくれてもいいですよ』

ユラが料理を口に含むと、頬を緩ませる。

「アレナ。ユラがこれからは魚もお供えしてほしいってさ」

「分かりました。ユラ様、お任せください」

『べ、別にほしいだなんて言ってません！　お供えしたければ勝手にすればいいのです』

ユラが恥ずかしそうに顔を背けた。

世界樹の精霊は、リンネといい勝負のツンデレだった。

「とってもほしいみたいだから、ぜひお供えしてやってくれ」

ユラが実際に何を言ったかは俺を挟まないと、アレナには分からないので、ついついユラの反応が面白くてからかってしまった。

「分かりました」

『そ、そんなこと言ってないでしょう！』

ユラが、俺の頭をポコポコと叩いてくる。

「ははっ！」

俺はとんでもなく長い間生きている精霊が、こうも人間らしいのがおかしくて、笑ってしまった。

ある程度料理をつまんだところで俺は腰を上げる。

「それじゃあ、ちょっと俺も作ろっかな」

「ふふふっ。待ってたわ」

『わーい！』

俺の行動を見ていたリンネとイナホがテンションを上げた。

「何が始まるの？」

不思議そうに尋ねるリーンに、リンネが笑顔で答える。

「ケンゴが美味しい料理を作ってくれるのよ」

「わぁ、お兄ちゃんが作った料理、楽しみ！」

他のエルフ達には悪いが、ここから先は塔の頂上にいる人限定のお楽しみだ。

流石に何百人ものエルフ達に料理を作る元気はない……

そう思いながら、俺は地球の魚料理を作り始める。今回は人数が多いから、それに合わせて鍋だ。

ヌシの味が地球の魚で言うところのタラっぽい味だったので、タラの味噌鍋風にした。

味噌は船の倉庫から持ってきたものだ。

「おお、これは！」

「この濃厚な大地の味わいはいったい……」

「多分豆を使った調味料じゃないか？」

「なんと!?　このような調味料があるとは……ぜひ教えてもらわねば！」

出来上がった味噌鍋を一口食べたエルフ達が、皆して味噌の味に興味を示した。

この世界のエルフは肉も食べるが、野菜や穀物《こくもつ》の方が好きらしく、その影響で味噌をとても気に入ってくれた。

それなら、と俺が醤油を使った鍋も作ってみたところ、そっちも瞬く間に大好評になった。

そして鍋を食べ終えると、エルフ達は醤油と味噌の作り方を教えてくれとせがんできた。

俺はバレッタに頼んで詳しいレシピを聞くと、それをメモに書き留めてエルフ達に渡す。

彼らが、そのレシピをまるで世界樹や精霊と同等くらいに崇め出したのを見た時は、いったいどれだけ醤油と味噌に気に入ったんだ？　と少し呆れてしまった。

こうして宴を楽しんでいるうちにすっかり辺りが暗くなってきた。

「そうだ。全て問題が片付いたら、これをやろうと思っていたんだった」

俺が倉庫からあるものを取り出すと、リンネが不思議そうな顔で俺の手元を見る。

「なによ、それ」

「まぁ、見てからのお楽しみってな。よし、スタートだ」

俺は塔の端にその道具を設置して、リモコンを操作する。

――ピュ～～～～

光が心許《こころもと》ない高い音を鳴らしながら、上空へ向かっていった。

そして、数百メートルほど上がった所で爆発する。

――ドォオオオオオオオンッ

「へぇ～綺麗ね」

リンネがしみじみと呟いた。

「だろ。花火って言うんだ」

そう、俺が倉庫から取り出したのは花火だった。

——ドン、ドン、ドン、ドォオオオオオオンッ、パラパラッ
最初にリモコンでスイッチを押せば、設置した分が全てなくなるまで自動で上がり続ける。

そのうえ、暴発や火災も発生しないように設計された、安全な仕様だ。

今回準備した数は、景気よく三万発。

少ないと不完全燃焼感があるが、このくらいあれば皆満足してくれるだろう。

リーンとフィーとイナホが、花火を見て目を輝かせる。

「すっごーい！」

『おはなみたーい』

『ドンドンッ、音と色が楽しいね』

アレナとユラも満足そうに微笑んでいた。

「なんと綺麗な光でしょうか。今度魔法で再現できないか研究してみましょう」

『これは風情がありますね。こういうのは悪くありません』

誰一人欠けることなく、この光景を見ることができて良かったと思う。

俺は隣にいるリンネの手を握る。

「⁉」

リンネが顔を赤くしながら、俺の手を握り返す。

そのまま皆で上空の大輪を眺めたのだった。


それからエルフの国で束の間の休暇を楽しむこと一週間。

バンッと部屋の扉が開くなり、リンネが俺に顔を寄せて、嬉しそうに声をかけてきた。

「ねぇねぇ！」

「ど、どうした？」

何かいいことがあったのだろう。

その端整な顔が、息が感じられるくらい近付いて、ドギマギする。

「あのね、見て……トーチ！」

リンネが人差し指を立てて呪文を唱えると、彼女の指の先に炎が浮かんだ。

「え……これってまさか……」

「そう。ついに魔法が使えるようになったのよ！」

アレナが俺との約束通り、リンネに魔法を教えてくれたようだ。

俺が炎からリンネの顔に視線を移すと、彼女はフフンと自慢げに笑った。

「うぉおおおおおっ。やったな！　おめでとう！」

俺は感極まって彼女を抱きしめた後、そのまま腰を持って高く抱き上げた。

「きゃっ。あ、危ないわよ！　でも……え、えっと、うん、ありがとう」

彼女は、火が俺に当たらないように慌てて魔法を消した。それから、視線を彷徨《さまよ》わせながら礼を言う。

「これで、リンネの夢が叶ったな！」

俺は半身分高くなっているリンネの顔を見上げた。

「ええ、そうね……そうね……」

リンネは感慨深そうに一度呟いた後、俯いてもう一度頷く。

――ポタリッ
突然俺の顔に何かが当たった。

再度上を見ると、そこには涙で濡れているリンネの顔。

「はははは。本当におめでとう」

リンネを少し下にずらして片手で支え、俺は彼女の涙を拭った。

「うん……ありがとうケンゴ……本当にありがとう」

彼女は泣きやむと、俺に心の底からの笑顔を見せた。

「いや、リンネが頑張ったからだ。俺は何もしてないさ」

「ううん、あなたが私にスキル書をくれなかったら、絶対に叶わなかったわ……あなたに出会えて本当に良かった」

「俺もだよ」

どちらからともなく近づき、俺達の影が重なり——

——コンコンッ

「「!?」」

直後、部屋の扉がノックされて、俺達は我に返る。

すぐにお互いに距離を取ってから、俺が扉に向かって返事する。

「はい、どうぞ」

「失礼します……えっと……お邪魔でしたか？」

微妙な空気を察したのか、部屋に入るなりアレナがそんな質問をした。

「いや、そんなことはない。それで、どうかしたのか？」

俺が動揺したそぶりを見せずに答えると、アレナが少し面白くなさそうな顔して言った。

「はい。以前お願いされていた香辛料と蜂蜜酒がご用意できましたので、お渡ししようかと」

すっかり忘れていたが、確かにお願いしていたな。

「ああ。そういうことか。どこに行けばいいんだ？」

「城の倉庫に運び込んでいるので、そちらまでご足労いただけますか？」

「分かった。俺は行くけど、リンネはどうする」

「わ、私はもう少し魔法の練習をしてくるわ！」

俺がリンネに尋ねると、彼女はそう言って慌てて部屋から出ていった。

「お、おう。いってらっしゃい」

そんな風に動揺したら、何かあったと言っているも同然じゃないか……

「……」

アレナが俺にジトッとした目を向けた。

「なんだよ、その顔は……」

「別になんでもありませんよ。それでは行きましょうか」

俺が尋ねると、彼女はプイッと出口の方に体を向けて歩き出した。

「はいはい」

俺はアレナの後についてて倉庫に向かった。

エルフがとりあえずで用意した量は、俺達の予想とはスケールが違う。

「……これはちょっと多すぎないか？」

倉庫に集められた特産物を見て、俺は呆然とした。

「次にいつお越しになるか分かりませんし、このくらいは……と。二十年分ほど集めさせていただきました」

「大丈夫なのか、それ」

この森から香辛料がなくなったんじゃないかと、俺は不安になった。

「はい。この森は広大ですし、ユラ様の体調も完全に戻られました。いえ、むしろさらに強くなられました。まったく問題ありません」

流石ユラってところか。普通の森なら多分すぐに枯渇《こかつ》するだろう。

「そうか、それならありがたくいただくよ」

「はい」

リンネは魔法が使えるようになり、俺も褒美を受け取った。休息も十分とれたし、そろそろ出発の頃合いだろう。

「……もう何日かしたら、本来の目的である大洞窟を目指すために出発しようと思う」

俺がアレナにそう言うと、彼女は本当に残念そうな顔をする。

「そうですか……それは寂しくなりますね。リーンもすっかり懐《なつ》いていましたのに」

「元々病を治したら帰るつもりだったからな。まぁ、たまに顔を見せに来るよ」

「分かりました。次に来る時までに、ケンゴ様達のお屋敷を建てておきますね」

「別にいらないのだが……」

にっこり笑うアレナに、俺は苦笑いを浮かべた。


それから数日。出発の日を迎えた。

俺達はここに来た時とは反対側の検問所までやってきた。

アレナや長老衆、それにリーンの一家が見送りに駆けつけてくれている。

「お兄ちゃん……」

悲しげに落ち込むリーン。俺が頭を撫でてやると、彼女は泣き出してしまった。

「またな」

「うっ……」

リーンとは、助けた後も一緒にいた時間が長かったからな。

だが、俺達は危険な場所にも行くから、連れていくのは難しい。

「そういえば、フィーは俺と一緒に行って問題ないのか？」

『うんー。フィーはケンゴとけいやくしたから。それに、たのしそうだからついてくの』

横にいたフィーに話しかけると、そんな答えが返ってきた。

まぁ、彼女の強さは遺跡で見たし、こっちは大丈夫だろう。

「そっか。分かった」

そして俺とリンネは、エルフ達に別れを告げる。

「それじゃあ、またな」

「皆、元気でね」

「絶対に遊びに来てくださいね」

アレナが代表してそう言った。

俺達は彼女の言葉に頷くと、大勢のエルフに見送られながら歩き出す。

『待ってください』

そこで、ユラの声が聞こえて、俺達は足を止めた。

振り返ると、ユラが姿を現わす。

「ん？　どうしたんだ？」

『このたびは、私とエルフの子達が本当にお世話になりました。あなたにこれを差し上げようと思い、ここに来ました』

「別にいいって。俺達は大洞窟に行くついでに助けただけだし」

改めて頭を下げるユラに、俺は手を振って答える。

『そうはいきません』

「気にしなくていいのになぁ」

譲るつもりのないユラに、俺は困惑するしかない。

そんな俺の返事をスルーした後、彼女は目を閉じて手を広げた。

ユラの胸元に光が集中する。そして次の瞬間、金色のリンゴのような形が出来上がった。

「そ、それは伝説の世界樹の実⁉」

アレナが目を見開く。

彼女のこの反応を見る限り、凄い価値がある物なんだろう。

『これは、数千年に一度世界樹に生る実で、どんな怪我や病気も治します。回復の際に体が再構築されることで、寿命も今より伸びるでしょう。そして何より、死んだ者の蘇生《そせい》さえ可能にします。死体が綺麗な状態であることが条件ですが……』

「それは凄いな……」

死者の蘇生は、俺達が使う超技術をもってしても実現されていない。

それにもかかわらず、条件はつくものの蘇生を可能にするという話に、俺は改めて世界樹の凄さを思い知った。

「い、いいのかよ……こんな貴重なものを」

『あの虫を殺してくれなければ、今頃私はこの世を去っていました。せめてものお礼です』

俺が引きつった笑顔で尋ねると、ユラはその顔を綻ばせて、俺の前に世界樹の実を差し出した。

「分かった。ありがたく頂戴するよ」

俺はその実を倉庫の中にしまう。

『非常に興味深い。解析させていただきます』

バレッタから小声で意味深な通信が来たが、俺は聞こえないふりをする。

「それじゃあ、今度こそまたな！」

俺達は手を挙げて別れを告げ、馬車に乗り込んだ。

「シルバ、発進しろ」

『お任せください、マスター！』

エルフ達からの感謝の言葉を背に、馬車が動き始める。

「お兄ちゃん！　お姉ちゃん！　バイバーイ！」

振り返ると、リーンが顔をぐしゃぐしゃにしながら手を振っていた。

「じゃーなー！」

「またねー！」

俺とリンネは窓から頭を出して、皆が見えなくなるまで手を振った。

そして俺達は新たな仲間のフィーとともに、大洞窟を目指すのだった。

◆
◆
◆

「ほう……まさかあの寄生型モンスターが殺されるとはな……」

ほの暗い部屋の中で、椅子に背を預ける一人の男が呟いた。

「どうかしたのですか？」

男の言葉を聞き、その傍《かたわ》らにいた美女が問い返す。

「いや、世界樹を始末する計画が失敗したようだ」

「そんなことがありえるんですか？」

女が彼の言葉に、信じられないという表情を見せる。

「ふむ。私も予想外だ」

だが計画が頓挫《とんざ》したというのに、男はあまり気にした様子がない。

「まさか、ご主人様の計画が狂うなど……」

「私も全知全能ではない。そういうイレギュラーもあるだろう。まだ他の手も打ってあるし、この計画の成功の可否はそれほど問題ではない。それより、お前に任せている方の計画はどうなっている？」

「はい。今のところ順調に進んでいます。現時点で第一段階は完了いたしました」

女は端的にそう伝えて、報告書を男の机に置いた。

「そうか。だが、今回のように知らない勢力が邪魔してこないとも限らん。くれぐれも慎重にな」

男は机の上の報告書をぺらぺらめくりながら警告する。

「承知しました」

「下がってよいぞ」

「はっ」

女は頭を下げて部屋から去った。

男は椅子から立ち上がり、後ろの窓から外を見つめる。

外は雨が降っており、空は暗い。

「この世界に私の知らないことがまだあるとは……ふっ。面白くなりそうだ」

男が呟いた瞬間、外で雷が落ちて男の顔が露わになる。

その顔には悍ましい笑みが浮かんでいた。

アナザーストーリー　メイド仮面の裏事情

ケンゴ様がエルフの皆様との別れの挨拶を済ませているのを、通信機越しに聞きながら、私――バレッタは安堵の息をつきました。

「これでようやく一段落ですね。それにしても、今回はなかなかのピンチでした」

一人そう呟きながら、私は里であったことを振り返ります。

問題が起きたのは、ケンゴ様が古代エルフの遺跡で寄生モンスターの撃退方法を探している時のこと。

湖の左側から襲い掛かってくるモンスターをリンネ様が、反対側のモンスターをエルフ達が食い止めることになりました。

リンネ様は私が施した治療の成果によって、身体能力も飛躍的に向上していますし、元々戦闘の才能がずば抜けているので、心配するところは特になかったのですが……

エルフ達はケンゴ様とリンネ様の視界から得た情報によると、どれだけ強くてもAランク程度。対するモンスターはBランクではありますが、数が圧倒的に多く、倒しても無尽蔵《むじんぞう》に湧いてくる。

どれだけ頑張ったところで、エルフ側に勝ち目はないでしょう。

崩れる前にケンゴ様が戻ってくることができるといいのですが。

戦闘の流れは、おおかた私の予想通りでした。リンネ様は数に圧倒されながらも少しずつモンスターを押し返していましたが、エルフ達の岸では段々と街の方に押し込まれていきます。

「このままでは少々マズいですね」

数時間程経つと、エルフの方が最終防衛ラインまで追い詰められていました。

このままではそう時間が経たないうちに、エルフ側に死者が出てしまうでしょう。

ケンゴ様は優しい方なので、ちょっと関わっただけの種族でも、そんなことになればひどく悲しまれます。

そのうえ今回は、リンネ様が以前から親しくしていたエルフ達ということも考えれば、なおさら心を痛めるでしょう。

ご主人様の忠実なるメイドとしては、そのような事態は断固として阻止せねばなりません。

しかし、一流のメイドたるもの、影から主人を支えるのが美徳。そのまま表舞台に立って、正体を晒してしまうのは少々下品です。

それならバレないように変装してから助けに入るとしましょう。

「まずはこの状況に適した仮面を選ぶ必要ありますね」

おっと、仮面を選ぶ前に、ケンゴ様に連絡を入れておかなければなりませんね。

仮面選びはメイドの身を隠すためにとても重要です。最適な仮面を選ぶためには、とても集中しなければいけません。

その間、このパーフェクトメイドである私でさえも、他のことがおそろかになってしまいますからね。

報連相《ほうれんそう》は非常に大切です。

「ケンゴ様、少々連絡が取れにくくなりますが、そのまま材料をお探しください」

私は早速エイダスを介してケンゴ様と通信します。

『お、おう。何かあったのか？』

ケンゴ様から心配そうな返事がありました。

そうですね、私はパーフェクトメイド。今まで一度もこんなことを言った覚えはありませんでした。ケンゴ様が私を心配してしまう気持ちも当然分かっています。

でも、今回はどうしても大切なことなのです。

「いいえ、特に問題ありません。少々時間の掛かる船の管理業務を行うだけです」

『そうか。分かった』

心配させないように答えると、ケンゴ様は納得してくださいました。

これで連絡も済みましたし、心置きなく仮面選びに没頭できます。

「こちらのシンプルな白い仮面がいいでしょうか。それともこちらの花をあしらった派手な仮面がいいでしょうか……うーん、とても悩みますね」

私は鏡の前で顔に合わせながら仮面選びに勤しみます。

どちらの仮面も甲乙《こうおつ》つけがたく、非常に悩むところです。

「いいえ、それともこのピエロのような仮面の方が、仮面に意識を取られて私そのものに対する印象を残さないで済むでしょうか。それともこの狐のお面……いいえ、これは駄目ですね。どうやらこの面は日本のお祭りで被られていたもの。多分、ケンゴ様にすぐばれてしまうでしょう。可愛いだけに、装着できないのが残念でなりません」

私は名残惜《なごりお》しみながらも狐のお面を候補から外して、そっとテーブルの上に置いた。

「うーむ……どうしたものでしょうか……なかなか選びきれませんね」

それからいくつもの仮面を当てながら比較していたのですが、どうしても選ぶことができませんでした。

そうこうしている内に、エルフ達の防衛線では倒れそうな者達が出始めました。

「あら、これはもう猶予《ゆうよ》はあまりないようですね」

もうほとんど時間は残されていませんでした。

「こうなっては仕方ありませんね。くじ引きにしましょう」

私は予《あらかじ》め用意していたくじを箱の中から引きました。

「これになりましたか」

私はくじで選ばれた仮面を装着すると、転送室から転移しました。

目的地に着いてすぐに辺りを見回すと、エルフの皆様が瀕死の状態でした。

私の力で、すぐ近くのモンスターの動きを止めます。

「仕方ありませんね。あなたが死ねば、私のご主人様方が悲しみますからね。今回だけですよ？」

私はそう呟いて、エルフ達の合間を縫《ぬ》って駆け抜けます。

私はスカートの下から短剣を二振り取り出して、モンスターを切り刻みました。

「は？」

最前線までやってきて武器を一瞬で仕舞うと、後ろから間抜けな声が聞こえてきました。この声はエルフのキースという個体のものと一致します。彼はこの辺りで指揮をとっていたようですね。

あともう少しで死んでしまうところでした。

間に合って良かった。

少々仮面選びに没頭しすぎたようですね。

お詫びに少々サービスいたしましょう。

「それでは皆々様、ごきげんよう」

私はカーテシーをした後、メイド兵装である、カタストロフを呼び出しました。

カタストロフは多数の砲塔で形成された武装で、普段は異空間に置いてあるのですが、必要に応じて呼ぶ出して使用することができます。

私の背後の虚空から姿を現わす無数の砲塔。

――ドォオオオオオオオオオオンッ
次の瞬間、砲塔全てから閃光が放たれて、モンスター達の半分以上がその光に呑み込まれました。

この攻撃により、敵モンスターの生命反応消失を確認しました。

私の兵装の素晴らしいところは、私が敵と認識した存在以外に全く影響を与えないということです。

「メイドたるもの、目的以外の物に害を与えてはいけませんからね」

私はそう呟くと、その場から船へと転送しました。

「ケンゴ様もお戻りになられたようですし、もう問題ありませんね」

すでにケンゴ様が世界樹の麓に転移したのは確認済みなので、何も問題が起きなければ、あとはケンゴ様のお力で解決できるでしょう。

ちなみに私がつけていった仮面は真っ白いだけの仮面。シンプルゆえの良さが滲み出ているその仮面のおかげで、私の正体は怪しまれることも、バレることもありませんでした。

これで誰にも正体を悟られることなく、任務を遂行《すいこう》できたはずです。

「それでは、通常業務に戻るとしましょうか」

もう問題が解決したと判断した私は、いつも通り、船の新しい部屋を使えるようにするための作業を進め始めました。

月が導く異世界道中
Tsukiga Michibiku Isekai Dochu
Azumi Kei
あずみ圭
1~18
8.5
シリーズ累計
350万部
(電子含む)
の超人気作!
TVアニメ 第2期
2024年1月から
2クール
放送決定!
月が導く異世界道中
あずみ圭
薄幸系男子の成り上がりファンタジー、開幕!
なんでだろう 親の都合で異世界へ
読者賞受賞作!
待望の書籍化!
異世界へと召喚された平凡な高校生、深澄真。彼は女神に「顔が不細工」と罵られ、問答無用で最果ての荒野に飛ばされてしまう。人の温もりを求めて彷徨う真だが、仲間になった美女達は、元竜と元蜘蛛!? とことん不運、されどチートな真の異世界珍道中が始まった!
月が導く異世界道中
1
あずみ圭
木野コトラ
シリーズ累計
29万部
とことん不運、されどチート!!
2期までに
原作シリーズもチェック!
●各定価:1320円(10%税込)
●illustration:マツモトミツアキ
1~18巻好評発売中!!
漫画:木野コトラ
●各定価:748円(10%税込) ●B6判
コミックス1~12巻好評発売中

辺境伯家次男は
転生チートライフを
楽しみたい
辺境伯家次男のやりすぎ
異世界ファンタジー！
著 ベルピー
【創生神の加護】でもりもり成長して、
のびのび
異世界暮らし！
友達はもふもふ
家族から溺愛
ひょんなことから異世界に転生した光也。辺境伯家の次男、クリフ・ボールドとして生を受けると、あこがれの異世界生活を思いっきり楽しむため、神様にもらったチートスキルを駆使してテンプレ的展開を喜々としてこなしていく。ついに「神童」と呼ばれるほどのステータスを手に入れ、規格外の成績で入学を果たした高校では、個性豊かなクラスメイトと学校生活満喫の予感……!?　はたしてクリフは、理想の異世界生活を手に入れられるのか——!?
●定価：1320円（10%税込）　●ISBN 978-4-434-32482-6　●illustration：Akaike
辺境伯家次男は
転生チートライフを
楽しみたい
著 ベルピー
【創生神の加護】でもりもり成長して、
のびのび
異世界暮らし！
友達はもふもふ
家族から溺愛
アルファポリス

この作品に対する皆様のご意見・ご感想をお待ちしております。
おハガキ・お手紙は以下の宛先にお送りください。

【宛先】
〒150-6008 東京都渋谷区恵比寿4-20-3 恵比寿ｶﾞｰﾃﾞﾝﾌﾟﾚｲｽﾀﾜｰ 8F
（株）アルファポリス　書籍感想係

メールフォームでのご意見・ご感想は右のＱＲコードから、
あるいは以下のワードで検索をかけてください。

アルファポリス　書籍の感想　検索

ご感想はこちらから

本書は Web サイト「アルファポリス」（https://www.alphapolis.co.jp/）に投稿されたものを、改題・改稿のうえ、書籍化したものです。

誰《だれ》一人《ひとり》帰《かえ》らない『奈落《ならく》』に落《お》とされたおっさん、うっかり暗号《あんごう》を解読《かいどく》したら、未知の遺物《オーパーツ》の使《つか》い手《て》になりました！2

ミポリオン

2023年　8月31日初版発行

編集－小島正寛・藤野友介・仙波邦彦・宮坂剛
編集長－太田鉄平
発行者－梶本雄介
発行所－株式会社アルファポリス
〒150-6008 東京都渋谷区恵比寿4-20-3 恵比寿ｶﾞｰﾃﾞﾝﾌﾟﾚｲｽﾀﾜｰ8F
TEL 03-6277-1601（営業）　03-6277-1602（編集）
URL https://www.alphapolis.co.jp/
発売元－株式会社星雲社（共同出版社・流通責任出版社）
〒112-0005 東京都文京区水道1-3-30
TEL 03-3868-3275
装丁・本文イラスト－片瀬ぼの
装丁デザイン－AFTERGLOW
印刷－図書印刷株式会社

価格はカバーに表示されてあります。
落丁乱丁の場合はアルファポリスまでご連絡ください。
送料は小社負担でお取り替えします。

ISBN978-4-434-32492-5 C0093